OMNIBUS

Stefano Zecchi

L'AMORE NEL FUOCO DELLA GUERRA

Romanzo

MONDADORI

librimondadori.it
anobii.com

L'amore nel fuoco della guerra
di Stefano Zecchi
Collezione Omnibus

ISBN 978-88-04-70213-9

I edizione novembre 2018

L'AMORE NEL FUOCO DELLA GUERRA

Una coincidenza, un caso: tutto è incominciato da qui

Una coincidenza ci illude che il mondo non sia tanto disordinato e casuale come sembra. Forse soltanto un'impressione: per gioco, ci ruba qualche istante d'attenzione e, non appena finisce di incuriosire per le strane consonanze e le insolite analogie che ci avevano stupito, l'interesse che aveva suscitato in noi quella coincidenza svanisce. Quando, però, essa appare molto improbabile, perfino pensata come se fosse un capriccio del destino, proprio quella coincidenza diventa una sfida al nostro buon senso, che non riesce a sopportare tanta casualità. È davvero così pretestuoso, allora, ritenere che quella coincidenza nasca da una storia nascosta da scoprire, da un legame invisibile che unisce vicende lontane o dimenticate?

Mi trovavo a Roma per presentare un mio libro sugli avvenimenti che avevano insanguinato le terre dell'Adriatico Orientale all'epoca in cui la guerra perduta aveva costretto migliaia di italiani dell'Istria, della Dalmazia, di Fiume ad abbandonare le proprie case, il lavoro, gli affetti più profondi per continuare a essere italiani.

Era un'occasione particolare, il 10 febbraio, il Giorno del ricordo. Ad ascoltarmi c'erano molte persone: alcune avevano vissuto il dolore dell'esodo, altre appartevano alle generazioni più giovani, venute a conoscenza di quegli avvenimenti attraverso le parole dei propri cari. Accadeva spesso che, al termine di una conferenza, vi fosse chi si avvicinava per consegnarmi documenti, giornali d'epoca, fascicoli che contenevano lettere, foglietti con appunti personali, certificati di enti statali. Carte che rappresentavano una memoria preziosa, conservata con amore tra mille difficoltà. Ricordi di un tempo trascorso felicemente insieme a parenti e amici nella propria casa o tra la bellezza della natura istriana o dalmata, ma anche testimonianze di giornate passate nel terrore, di violenze patite, di crudeltà impensabili. Cimeli storici commoventi che mi venivano affidati come se io fossi la persona più adatta a capirne il valore, nella speranza che nelle mie mani non venisse dimenticata la verità. C'era un senso di pietà in quel gesto che pareva donare, con quelle carte, con quegli oggetti, un lembo di vita. Io ricambiavo con un sorriso, con qualche parola di circostanza inadeguata rispetto all'emozione di chi mi faceva quel dono.

A volte mi soffermavo con attenzione a leggere qua e là le carte che mi venivano consegnate; più spesso, dopo un rapido sguardo, le dimenticavo.

Distratto, quel 10 febbraio avevo osservato la persona che mi diede una cartellina azzurra con un plico, e neppure feci caso al nome scritto bene in evidenza in un angolo, con la matita rossa: me ne accorsi quando uscii dalla sala delle conferenze.

L'albergo che mi ospitava non era lontano da dove mi trovavo, così decisi di fare un po' di strada a piedi. M'incamminai per il Lungotevere Arnaldo da Brescia, quando un ragazzino con il suo skateboard mi urtò e io, per rimanere in equilibrio, mi appoggiai al parapetto che divide la strada dall'argine del fiume. Proprio in quel punto, un piccolo fiore rosso, un garofano appassito che non aveva ancora perso il suo colore, era incastrato di sbieco nella fessura di una targa commemorativa. Dalla posizione in cui ero, leggevo soltanto il nome: "Varisco".

Dall'altra parte della strada, c'era un caffè. Andai a sedermi, perché quel ragazzo venendomi addosso, mi aveva fatto male a una caviglia. Sul tavolo, di fronte a me, erano appoggiate la tazza del tè e la cartellina azzurra. Questa volta non mi sfuggì il nome scritto in rosso sull'angolo: Varisco. Una coincidenza singolare o del tutto insignificante? Comunque non riuscii a rimanere indifferente a quello stesso nome scritto sulla cartellina e sulla targa commemorativa annerita dallo smog.

Forse ero soltanto incapace di accettare il caso, e tuttavia mi venivano in mente le parole di un filosofo da me molto amato: «Per non farsi cogliere impreparati dal destino, bisogna fare attenzione alle coincidenze che ci presenta».

Il tè, poi, doveva avermi risvegliato la memoria, perché quel nome – Varisco – non mi suonava così nuovo. Impostai Google sul mio cellulare e scrissi il nome. Uscì un lungo elenco di voci: una società di costruzioni di pompe centrifughe, un'autofficina, uno studio legale, uno studio dentistico... Niente di significativo. In fondo alla pagina, dove vengono suggerite le "ricerche correlate", comparve il nome Antonio Varisco. "Ecco, è lui, adesso ricordo, è il tenente colonnello nato a Zara nel 1927 e ammazzato dalle Brigate rosse sul Lungotevere, lì dove c'è la targa commemorativa."

Tornato da Roma, cercai di documentarmi un po' meglio sulla sua storia e mi accorsi di un'altra singolare coincidenza: quel 13 luglio, giorno in cui venne assassinato, Varisco aveva chiuso drammaticamente i conti con i comunisti, aperti trentacinque anni prima, proprio a Zara. Il comunismo era stato all'inizio e alla fine della sua avventura umana: un fatto curioso, irrilevante, oppure una coincidenza che costringe a riflettere e non può essere confinata tra i giochi bizzarri del caso? Una coincidenza, ne ero convinto, che non doveva diventare un originale paravento per nascondere l'intreccio della storia.

In un vecchio giornale, proprio uno di quelli che con tanta devozione mi erano stati consegnati da chi ascoltava le mie conferenze sulle vicende che sconvolsero le popolazioni delle terre dell'Adriatico Orientale, lessi che verso la fine d'ottobre del 1944, quando le truppe jugoslave occuparono Zara devastata dai bombardamenti, il campanile della cattedrale di Sant'Anastasia era miracolosamente rimasto in piedi, quasi fosse l'ultimo eroico testimone di un popolo annientato dalla guerra.

La cronaca del tempo racconta, infatti, che subito prima dell'ingresso degli uomini di Tito nel centro della città, dove si trova la cattedrale, un giovane tenente dei carabinieri, Ignazio Terranova, salì rapido in cima al campanile e dispiegò al vento un grande tricolore che teneva nascosto sotto la camicia. Continuò a sventolare la bandiera italiana mentre i soldati jugoslavi avanzavano verso Sant'Anastasia. Raggiunta la cattedrale, il capitano comandante con la stella rossa sul berretto ordinò a cinque soldati di salire sul campanile, di prendere la bandiera e di catturare il carabiniere. Il tricolore fu incendiato nella piazza e lì, accanto al fuoco, davanti a tutti, il tenente Terranova venne fucilato.

Ad assistere per caso (o per un'altra singolare coincidenza) a quel dramma, nascosto dietro le mura dell'Arcivescovado, c'era un ragazzo di diciassette anni: Antonio Varisco. Quel gesto eroico del tenente Terranova non solo non fu dimenticato dal giovane Varisco, ma divenne per lui un esempio inesauribile da seguire. Anch'egli, come tanti connazionali, per non cadere vittima dei comunisti di Tito, scelse dolorosamente la via dell'esilio. Abbandonò la sua Zara e, una volta in Italia, frequentò le scuole per entrare nell'arma dei carabinieri, proprio come l'uomo che rappresentò il suo modello di vita. Rimase al servizio della patria fino a quando, ancora i comunisti, questa volta quelli delle Brigate rosse, decisero per la sua vita, ammazzandolo in un giorno d'estate sul Lungotevere Arnaldo da Brescia.

Ormai, con un po' di presunzione, intuivo alla prima occhiata con una certa sicurezza, se i documenti, i manoscritti che mi venivano consegnati al termine delle mie conferenze sulle vicende degli italiani dell'Istria, della Dalmazia, di Fiume, contenessero qualcosa d'importante e di nuovo da conoscere e studiare: generalmente raccontavano sempre le stesse storie, riferivano gli stessi drammi, le stesse inascoltate denunce. Così immaginavo che anche le pagine, custodite in quella cartellina azzurra che su un angolo riportava il nome "Varisco", non fossero diverse dalle tante testimonianze che mi venivano affidate perché facessi conoscere una verità scomoda e difficile da accettare.

Ma tante coincidenze – e tutte insieme – così improbabili, se non suscitano attenzione, se non sollecitano un minimo di curiosità d'indagine, compromettono il buon senso e abbandonano la riflessione all'indolenza e al qualunquismo. Troppe coincidenze inducono facilmente a pensare a un fatale gioco del caso, anziché ad assumersi la responsabilità di ricostruire il senso di una storia e a restituire dignità e onore ai suoi protagonisti.

Trascorsi qualche momento d'inquietudine non trovando più la cartellina azzurra: non ricordavo dove l'avessi messa nel disordine del mio studio, e temetti di averla cestinata. Poi, all'improvviso, sbucò fuori, come se avesse preso lei la decisione di non rimanere nascosta. Sciolsi con un po' di fatica il nodo dello spago che la teneva legata ai quattro lati e incominciai a girare i fogli, leggendoli qua e là, facendo attenzione a lasciarli nello stesso ordine in cui si trovavano.

Erano tutte fotocopie, anche le molte fotografie, tra cui comparivano spesso una donna giovane, bella, da sola o in compagnia di una bambina di tre, quattro anni, e una barca a vela (una piccola deriva) attraccata al porto, mentre correva per il mare, ancorata nella rada vicino a riva. In fotocopia erano anche delle carte stradali e una mappa della città di Zara, degli spartiti musicali e innumerevoli fogli pentagrammati con note scritte a mano piene di correzioni, come se fossero prove di una composizione. Separatamente, un fascicolo con la scritta "Concerto Teatro Verdi" conteneva partiture di Beethoven, Schumann e Chopin.

Oltre ad altre numerose pagine sparse con diverse annotazioni, la parte più consistente della documentazione era costituita da un centinaio di fogli, sempre in fotocopia, tenuti insieme da un nastro e scritti con una bella grafia minuta, che in origine dovevano essere pagine di un quaderno, o di più quaderni, solo in apparenza ben ordinati perché c'erano un po' dappertutto postille, integrazioni, segni che suggerivano una diversa successione di lettura. Si trattava chiaramente di un diario.

Non trovavo alcuna indicazione dell'autore di quelle pagine, non si capiva a chi appartenessero gli spartiti e chi fossero le persone fotografate. Sull'angolo della cartellina azzurra stava scritto il nome "Varisco", ma non era affatto detto che quei documenti lo riguardassero personalmente. Presi in mano i fogli, tutti insieme, li sollevai battendoli un po' sulla scrivania, così come si fa per ricompattarli, e scivolò fuori un cartoncino quadrato, questa volta in originale, su cui in stampatello era scritto: DIARIO DI UN MUSICISTA DISARMATO. Poi sotto, in corsivo: *Valerio Federico G., Riva Derna 3, Zara.*

Sul retro della cartellina, c'erano il nome e il numero di telefono della persona – la ricordavo bene: una signora molto anziana – che me l'aveva consegnata. Decido di fare ciò che mai avevo fatto in precedenza con chi mi consegna quel genere di documenti, e mi metto in contatto con quella signora per cercare di capirci qualcosa di più. Mi racconta di essere stata un'amica molto vicina al colonnello Varisco e di essersi trovata, dopo il suo assassinio, a rimettere ordine nelle sue carte che, non sapendo a chi darle, aveva custodito gelosamente. Conosceva i miei libri e le era sembrato che quei documenti potessero essermi utili: a suo parere, ero la persona giusta «per far sapere la verità in mezzo a un mare di menzogne».

Invito Rosanna – questo il suo nome – a casa mia: non voleva parlarmi al telefono e sarebbe venuta a Milano volentieri per incontrare, nell'occasione, una sua amica. Anche lei originaria di quelle terre dell'Adriatico dove aveva vissuto finché non era stata costretta ad andarsene, m'intrattiene con un interminabile racconto sulla vita sua e dei suoi parenti, poco interessante e molto prevedibile. Noiosa. Aspetto l'occasione migliore per interromperla senza essere sgarbato, accampando il pretesto di un impegno improvviso, rassegnato a non ricevere nessuna informazione in più di quelle che già, più o meno, conoscevo o immaginavo. Poi, messa di fronte ai pochi minuti che potevo ancora dedicarle, Rosanna mi dice rapidamente di non sapere chi avesse gli originali da cui erano state fatte le fotocopie, ma che tra i numerosi appunti contenuti in quella cartella io avrei capito dove e come cercare. Lei si era fatta un'idea: Varisco era venuto in possesso degli originali – quasi certamente fin dai tempi in cui viveva a Zara – e li aveva consegnati a una persona che conosceva bene il loro autore, dopo aver fatto foglio per foglio, documento per documento, una fotocopia che aveva conservato, forse per ricordo o per poterli studiare con attenzione.

Tutte le pagine di quel Valerio musicista si trovano adesso in evidenza sulla mia scrivania. Una coincidenza, sì, soltanto una coincidenza ha permesso che venisse rimossa un po' di polvere dal passato, che fosse salvata dall'oblio qualche pagina, tra le tante testimonianze dolorose custodite gelosamente nei cassetti e che probabilmente non vedranno mai la luce. Una coincidenza ha voluto che io rimettessi ordine tra quelle carte, ricevute in un giorno particolare, durante una delle consuete conferenze che sono diventate per me quasi una ritualità dopo la pubblicazione di un mio libro.

Ho trascritto le pagine del diario con diverse integrazioni per rendere più comprensibile il contesto in cui si svolgono i fatti. Spesso l'autore, per descrivere ciò che accadeva tra i protagonisti della sua storia, ha scelto la forma del dialogo: io ne ho aggiunti altri in modo da rappresentare con maggior efficacia i rapporti tra le persone che animano il diario, conservando, però, la massima fedeltà al pensiero e ai sentimenti del suo autore, per raccontare con rispetto la vita emozionante e drammatica di Valerio Federico G., musicista. Per non dimenticarlo.

In queste pagine è ricordata una storia per molti aspetti simile a quella di tante persone che si trovarono a vivere, nelle terre italiane dell'Adriatico Orientale, i tragici avvenimenti degli anni di guerra e le conseguenze della sconfitta.

La storia incomincia il 9 ottobre, sabato, 1943.

1

Valerio era in attesa dell'arrivo da Venezia della motonave *Morosini*, ormai in ritardo di oltre un'ora per le cattive condizioni del mare. Il personale dell'imbarcadero, dove avrebbe attraccato la motonave, in Riva 4 Novembre – la Riva Vecchia –, restava sul vago con chi chiedeva informazioni: avrebbe potuto recuperare o perdere altro tempo. Non si poteva sapere. Valerio non aveva nessuna voglia di rimanere là, insieme alla piccola folla, radunata sulla banchina, che scrutava l'orizzonte nella speranza di vederla spuntare. Lasciò la Riva e s'infilò in una delle calli che portano verso il Duomo. Si sedette al tavolino di un bar e aspettò che qualcuno si accorgesse di lui.

Accanto al bancone, il cameriere discuteva così animatamente con una persona che, se anche avesse visto un cliente in attesa per l'ordinazione, non si sarebbe affatto preoccupato della sua presenza, tanto era infervorato nella discussione: «Gliel'ho detto, sono venuti qui tutti e tre l'altro ieri: hanno preso un rabarbaro e il ragazzino un gelato. Li ho visti io con i miei occhi, erano là». Il cameriere si girò, per indicare il posto dove erano seduti, e si accorse di Valerio. «Maestro carissimo» gli disse, «sono subito da lei.» Ma invece di chiedergli cosa desiderasse, si avvicinò al suo tavolo, girò la sedia per appoggiarsi alla spalliera con le braccia incrociate, e invitò anche l'altra persona, con cui prima stava parlando, a unirsi a loro.

«Maestro, lei conosce bene gli Zelencich. Bravissima gente: lui dirigente scolastico, lei devota alla famiglia, hanno educato così bene il figlio che tanti dovrebbero prendere esempio da loro... Spariti.»

«Cosa è successo?» chiese Valerio, più per cortesia che per la curiosità di sapere.

«È questa la cosa più sconvolgente: non ne abbiamo la minima idea» gli rispose il cameriere.

«Saranno partiti; in gita, da parenti. Perché preoccuparsi?» intervenne l'uomo che aveva raggiunto Valerio e il cameriere.

Valerio lo conosceva, era un professore di matematica e fisica al liceo classico Gabriele D'Annunzio, discreto come insegnante, impegnato in politica, fascista prima del 25 luglio, poi badogliano, poi antifascista: una di quelle figure ambigue, abili a rimanere sulla cresta dell'onda, che Valerio detestava.

«Sono scomparsi, vi dico» insistette il cameriere. «Qui, in mezzo ai croati ustascia di Pavelić e ai comunisti di Tito, si ammazzano le persone per bene.»

«Ma avanti, non dica sciocchezze: le piace creare drammi dove non ci sono» replicò il professore.

«Non hanno forse scoperto, la settimana scorsa, tra gli scogli della valle di Barcagno, due cadaveri con il cranio fracassato, che non si sa ancora a chi appartengano? E prima? Nei boschi di Boccagnazzo, non hanno trovato le scarpe e la giacca coi documenti del povero Salem?»

«Di chi?» chiese il professore.

«Salem, quello che ha la tipografia dietro piazza dei Signori. Scarpe e giacca: lui sparito. Se non stai attento a come parli, ti fanno sparire.»

«Chi fa sparire chi?» disse il professore con sarcasmo per sdrammatizzare. «E lei cosa ne pensa?» domandò poi a Valerio, che rimaneva in silenzio.

«C'è da preoccuparsi» tagliò corto lui, non avendo nessuna voglia di discutere con quell'individuo.

«Il maestro sarà tutto preso a preparare il suo concerto al Teatro Verdi. Non ha tempo per interessarsi adesso di politica. Sicuramente dopo: lui è sempre un nostro riferimento. Suona bene, ma parla anche bene. Le porto un caffè?» chiese il cameriere.

«Presto, però, tra poco devo andare.»

«Ha visto? Ho appeso anch'io la locandina del suo concerto. Là tra la porta e il bancone: si vede bene, vero?» gli disse, sperando di ricevere qualche complimento.

Valerio fece un cenno d'approvazione, augurandosi che il cameriere gli portasse il caffè. E invece riprese a discutere con il professore sulla scomparsa della famiglia Zelencich. Quando si accorse che Valerio se ne stava per andare, si affrettò con il caffè.

«Mi scusi» gli disse, «ma non si può sostenere che se la gente scompare è perché se n'è andata in gita o dai parenti... Poi avevo parlato io al signor Zelencich e so per certo che non aveva in programma di lasciare Zara... Cambiamo discorso: preoccupiamoci adesso del suo concerto. Sta andando in teatro a provare?»

«No, oggi no. Sto aspettando che arrivi mia moglie col *Morosini* da Venezia. È in ritardo.»

«La signora torna a stare qui con lei!» esclamò il cameriere. «C'è anche la bambina? Oh, mi scusi, m'intrometto sempre in faccende che non mi riguardano.»

Valerio non gli rispose; accennò un sorriso e uscì, avviandosi verso il molo. La motonave era data in arrivo entro mezz'ora, così si mise a passeggiare lungo la Riva Vecchia fino all'angolo con la Riva Derna, avanti e indietro. Si fermò su una panchina a guardare l'altro lato del porto, il molo Porporella. Là dietro, ai Bagni Spiaggia e, un po' oltre, ai Bagni Maria, riparate dal vento che di tanto in tanto imperversava, alcune persone giocavano a palla a volo o si godevano l'ultimo raggio di sole lasciato all'autunno da quella calda estate del '43, quando la città viveva gli ultimi mesi di una quiete apparente, prima che la brutalità della guerra si accanisse con i suoi bombardamenti contro la fragile bellezza di un'antica terra.

La motonave comparve all'imboccatura del porto, e Valerio si affrettò a tornare nei pressi dell'imbarcadero. Comprò un piccolo mazzo di fiori nel chiosco accanto a Porta Marina e rimase in attesa tra la folla accalcata sul molo.

«Zara, porto di Zara» ripeteva una voce attraverso il megafono. Due marinai, mentre la *Morosini* si stava avvicinando alla riva, fecero un balzo a terra tenendo una grossa fune per legare a poppa e a prua la motonave all'imbarcadero. Fissarono alla meglio una passerella, perché oscillasse il meno possibile, e aiutarono, a uno a uno, i passeggeri a scendere.

Valerio se ne stava in disparte, osservando le persone che gli sfilavano accanto. Diede un'occhiata al mazzo di fiori che teneva tra le mani senza troppi riguardi e, come se si liberasse da un fastidio, lo gettò senza indecisione in un cestino per l'immondizia.

2

Il flusso dei passeggeri si stava diradando. Lontano, tra gli ultimi, riconobbe Milena dal suo modo di camminare ondeggiante, aggraziato, quasi facesse passi di danza.

«Come volevi» gli disse appena gli fu vicino.

Valerio scosse il capo, mostrando di non capire il senso di quella frase.

«Sono qui, come mi hai chiesto» aggiunse lei, alzando le spalle.

Non un gesto da parte di Valerio per esprimere affetto o un po' d'emozione, solo un «grazie» con voce sommessa, appena percepibile. Uno di fronte all'altra, due profili immobili sullo sfondo azzurro del mare. Per qualche istante nessuno si mosse né riuscì a parlare, come se nell'aria salmastra di Zara i loro corpi si fossero impietriti.

«Hai voglia di camminare?» le chiese infine Valerio.

Ormai dalla motonave erano scesi tutti i passeggeri, e per la Riva Vecchia era tornato il consueto andirivieni di gente che si recava al mercato o arrivava con le barche dalle valli di pesca.

Milena si strinse nella giacca del suo tailleur beige e a testa bassa s'incamminò verso Porta Marina; Valerio le sfiorò appena il braccio per attirare la sua attenzione. Lei non ci fece caso, troppo distratta dai ricordi che, appena scesa a Zara, avevano preso ad aggrovigliarsi dentro di lei senza un ordine, irritandola. Quasi si stava pentendo di avere fatto quel viaggio e cominciava a prendersela con se stessa per essere stata così disponibile e sollecita alla richiesta di Valerio. E, poi, quella sua ostentata freddezza nell'accoglierla... l'aveva trovata una provocazione. O forse era lei a dover essere più affettuosa: non è che il suo atteggiamento fosse stato molto diverso da quello di Valerio. Come sempre, le bastava qualche incertezza per angosciarsi. Sensi di colpa: con lui era sempre stato così. Non era mai cambiato niente.

«Non da quella parte» le disse.

Senza pensarci, Milena aveva preso la strada che portava alla loro vecchia casa. Quanti anni avevano abitato lì, insieme? Era convinta di ricordarsi non solo gli anni, ma anche i mesi e i giorni, e il pensiero di ripiombare nel passato le infondeva un'ansia insopportabile.

«Non da quella parte. Di là c'è troppa gente. Dove vuoi che andiamo?»

«Se non lo sai tu...» gli rispose con indifferenza.

Lasciarono la Riva e si diressero verso San Michele. Le calli erano così strette che non riuscivano a rimanere uno accanto all'altra, se non di tanto in tanto, quando non arrivava nessuno dalla parte opposta. Camminavano ormai da più di un quarto d'ora e, appena ci fu uno slargo, Milena s'arrestò all'improvviso. «Che cosa vuoi, Valerio?» Aveva atteso qualche istante per averlo di fronte. Era spazientita, stanca. Non le aveva ancora detto perché le avesse chiesto di venire da lui, e perché, invece di andare a sedersi da qualche parte e parlare con calma, dovevano procedere in fila indiana, scambiandosi qualche inutile frase spezzata.

«Hai avuto difficoltà?» le chiese Valerio.

«Ti pare che siano tempi senza difficoltà? Comunque no, non ho avuto problemi.»

«Io sì.»

«Tu sì: cosa vuoi dire?»

Era come se Valerio non si fidasse di lei, e lei non volesse dargli alcuna confidenza. Ci fu ancora qualche mezza frase imbarazzata, per non svelare fino in fondo il loro stato d'animo.

«Sono venuto a Venezia un paio di settimane fa. Un viaggio faticoso, pieno di contrattempi, inconvenienti di tutti i tipi.»

«Non ti sei fatto vedere. Forse hai fatto bene... sì, è stata la cosa giusta.»

«Io, però, ti ho vista. Nelle Mercerie. Uscivi dal negozio dove lavora tua madre. Eri con Renata, ti è scappata avanti e l'hai rincorsa. Siete sparite tra la gente. Non sono neppure riuscito a vederla bene. A chi di noi due assomiglia. Cosa dici, assomiglia a me mia figlia?»

«No.»

«Non mi sopporti, vero?»

«Renata non ti assomiglia, e basta» tagliò corto Milena. Riprese a camminare, lasciando Valerio un passo indietro. Nel campiello, dove c'è la chiesa di San Michele, si sedette su una panchina con l'intenzione di non alzarsi da lì finché Valerio non le avesse detto cosa voleva, irritata più con se stessa che con lui perché ciò che veramente non capiva era la propria immediata, irrazionale disponibilità a prendere la motonave e raggiungerlo. Valerio le si mise accanto, appoggiando il braccio intorno alle sue spalle.

«Volevo sapere soltanto se avevi trovato difficoltà ad allontanarti da casa» le chiese.

«Ho detto a Carlo la verità, che mi volevi vedere.»

«E lui è stato d'accordo, non si è ingelosito?»

«Finiscila!» Milena aveva perso la calma che si era

ripromessa. «Ma ti rendi conto che ancora non mi hai detto una parola, non so cosa vuoi da me?» Si era alzata in piedi di scatto e gli parlava con voce alterata, attirando l'attenzione dei passanti.

«Stai calma, qui mi conoscono.» Le prese la mano, invitandola a risedersi. «Ero in pensiero... temevo di averti creato dei problemi... ti ringrazio di essere qui.» Il tono di voce affettuoso non tranquillizzò Milena, sempre più innervosita con se stessa, disorientata, incapace di controllare la situazione.

«Ti ripeto: a Carlo ho detto la verità. Volevi vedermi; mi sembravi preoccupato. Si è anche offerto di accompagnarmi.»

«Sarebbe stato divertente. Come fai a stare con quello?» le disse sprezzante.

«Ci aiuta, è generoso, si è affezionato a Renata, e lei gli vuole bene. Una vita semplice che tu non riesci neppure a concepire. Se credi sia stato facile andar via di qui, trovare un lavoro... te ne sei fregato altamente di noi. La tua musica, la politica: quello t'interessa... e io sempre a sperare... Sì, se lo vuoi proprio sapere, Carlo è molto importante per noi: dopo tanto tempo mi ha fatto trovare un po' di serenità, e a Renata dà sicurezza.»

«Se ti avessi chiesto di venire qui perché voglio che tu rimanga con me? Per dirti che ti desidero, che non posso stare senza il tuo amore? Perché non ti viene in mente di pensare questo?»

«Mi prendi in giro! Vuoi farmi ancora del male?»

«Sei sempre mia moglie, e desiderare di fare l'amore con te non è una colpa né un insulto. Semmai non credi che ci sia qualcosa di irregolare nella tua convivenza con Carlo? Sei sempre sposata con me.»

«C'è d'avere paura di te» gli disse, guardandolo fiera negli occhi.

«Questa è buona!» esclamò Valerio. «Hai sempre fatto e disfatto tutto tu. Sei tu che hai voluto andartene via. E sei tu che hai fatto cominciare la nostra storia. Quanto tempo c'hai messo a venire a letto con me? Te lo ricorderai, spero. A che ora ci siamo conosciuti? Alle dieci, alle undici? Alle quattro di pomeriggio facevamo l'amore. Almeno questa volta cerca di essere sincera: chi ha sempre deciso tutto? Chi ha preso le decisioni più importanti?»

Milena si strinse a lui, gli prese la mano e appoggiò la testa sulla sua spalla. «Un interminabile duello è stato il nostro amore» disse sottovoce, quasi per non farsi sentire. «Un amore prepotente, ossessivo... Se non me ne fossi andata ci saremmo distrutti... e poi avevamo la nostra piccola. Sì, ho deciso io. Credi che quella decisione mi abbia resa felice? Un inferno.» Continuava a stringergli la mano e a tenere la testa sulla sua spalla, confessando a se stessa quanto sarebbe stato naturale abbracciarlo non appena si erano incontrati.

3

Si erano conosciuti per caso a Venezia, a una festa di compleanno, a cui Valerio non era stato neppure invitato. Non conosceva nessuno e, aspettando un amico che proprio lì gli aveva dato appuntamento, se ne rimaneva in disparte nella sala di una bella casa affacciata sull'incrocio di due canali. C'era la musica che arrivava da un grammofono incessantemente preso d'assalto dai ragazzi. Ognuno cercava di mettere il disco con la sua canzone preferita. Qualcuno ballava. Per darsi un tono, per non mostrarsi spaesato, Valerio fingeva di non interessarsi a quello che gli succedeva intorno, osservando dalla finestra l'andirivieni di barche impegnate in manovre complicate per non scontrarsi in quell'intreccio di canali. Vicino a lui c'era un divano su cui all'improvviso piombò una ragazza che, prima di sprofondare con tutto il suo peso tra i cuscini, sembrò aver preso la rincorsa per finire dritta tra le braccia di Valerio, fermo lì, impalato, come se stesse facendo la guardia alla finestra e anche al divano.

Non era timido, Valerio: gli pareva di avere poco in comune con quei giovani di buona famiglia, in apparenza ricchi, così preferiva starsene sulle sue: atteggiamento in cui era invincibile. Comunque, trovandosi adesso quella ragazza praticamente all'altezza delle ginocchia, sarebbe stato impossibile non scambiare due parole. Fu lei, però, ad attaccare discorso.

«Non ti ho mai visto a Ca' Foscari: qui siamo tutti studenti dell'università. Sei una matricola? Primo anno?» gli chiese Milena.

«Mi fai giovane; non sono una matricola e credo di avere qualche annetto più di voi.»

«Ah, sei fuori corso, per questo allora non ti ho mai visto. Scusami, non volevo mancare di rispetto a un anziano.»

Forse per educazione, Milena si alzò dal divano e Valerio se la trovò di fronte. Un corpo slanciato, magro, elegante, che non aveva potuto notare prima; i capelli neri, lunghi, pieni di luce: teneva lo sguardo in basso, sulla borsetta, per cercare qualcosa. Gli pareva avesse un'aria aristocratica nel suo abito tutto bianco con un sottile ricamo intorno al collo che si ripeteva sugli orli delle maniche. Smise di frugare nella borsetta quando trovò un nastro rosso. Con due rapidi gesti delle mani, si acconciò i capelli in modo originale, lasciando che in gran parte scendessero sulle spalle, e raccogliendo il resto dietro la nuca. Bastò quel nastro di velluto rosso a trasformare la sua immagine aristocratica in quella di una maliziosa ragazzina dagli occhi di un azzurro intenso che donavano al suo viso dolcezza e, insieme, comunicavano un senso di sfida.

Nel vederlo senza parole, Milena aggiunse: «Anziano d'iscrizione all'università, intendevo».

«Non c'entro con Ca' Foscari. Credo di non esserci neppure mai entrato. Ci passo davanti qualche volta» le rispose Valerio.

«E non sei neanche veneziano. Lo capisco dal tuo accento che assomiglia al nostro ma non è di queste parti. Mi sbaglio?»

«Sono di Zara» le disse con malcelato orgoglio.

«Cosa ci fai qui?» Mettendosi una mano sul fianco, alzò le spalle come per dirgli che né universitario di Ca' Foscari, né veneziano e senza neppure conoscere nessun ragazzo della festa, la sua presenza era almeno curiosa. Stava per tornare a sedersi, pensando che non fosse il caso di dovergli tanto rispetto, invece rimase in piedi, a guardarlo.

«Se non mi fai finire di parlare...» le disse Valerio. «Ho studiato al conservatorio, al Benedetto Marcello, sono diplomato in pianoforte... Hai di fronte a te un musicista con un grande avvenire.» Le sorrise.

Forse Valerio non era così sicuro sul suo futuro di concertista, anche se si era diplomato con ottimi voti e aveva già ricevuto giudizi lusinghieri sul suo talento, tuttavia era molto consapevole delle proprie doti di seduzione. Non era bello, ma quei suoi capelli ricci e sempre un po' arruffati, che di tanto in tanto gli scivolavano sulla fronte dandogli un'aria impertinente, il suo sguardo limpido che non abbassava mai mentre parlava a qualcuno, e poi la sua voce profonda e cantilenante rappresentavano nell'insieme un dispositivo perfetto e ben collaudato per catturare, almeno, la fantasia delle ragazze.

«Dovevo incontrare un amico» continuò Valerio, «mi aveva dato appuntamento qui, ma non lo vedo.»

«Come si chiama?»

«Giorgio Cosulich: lui studia ancora a Ca' Foscari.»

«Ho capito chi è. Non lo conosco bene, ma è della nostra compagnia... anche lui delle tue parti.»

«Siete una bella compagnia. Ed è una bella festa. Ma a questo punto me ne vado, Giorgio non arriverà più. Quando passerò davanti a Ca' Foscari, avrò un buon motivo per entrarci... per venire a cercarti.» Sfiorandole il braccio, come se fosse un saluto, cercò di passare tra la finestra aperta, che lasciava entrare insieme alle voci dei barcaioli l'aria umida dei primi giorni d'estate, il divano e Milena, rimasta immobile. Ma da quella piccola trappola non era riuscito a liberarsi.

«Faccio un pezzo di strada con te» gli disse lei, senza spostarsi, quasi non volesse lasciarlo andare. «Tanto qui la festa sta finendo.»

4

Valerio ricordava a se stesso e a Milena. Ricordare per dare un ordine agli avvenimenti, ritornando all'origine: così è possibile capire cosa sia successo, e non c'è bisogno di giustificare l'accaduto, distribuendo colpe e responsabilità. È accaduto e basta: importante è la consapevolezza di ciò che è stato per andare avanti e sperare di non perdersi per strade sbagliate.

Una palla rotolò verso la panchina dov'erano seduti, di fronte a San Michele. Fu Milena a chinarsi per raccoglierla e a lanciarla con forza ai bambini che la stavano reclamando per continuare a giocare. Con quel rapido movimento, perse una forcina e le si sciolsero i capelli.

«Lasciali così» le disse Valerio, mentre osservava Milena prendere in fretta dalla borsa un nastro per raccoglierli di nuovo. «Da quando non li tieni più liberi sulle spalle?»

«Non lo so, da un po'» gli rispose con indifferenza, riannodandosi i capelli. Poi, dopo qualche istante di silenzio: «Comunque non è andata come dici tu».

«Cosa?» domandò sorpreso Valerio, mentre stava ancora osservando i suoi capelli, pensando che con quel modo di tenerli raccolti, quasi nascondendoli, volesse castigare la sua bellezza.

«Non è così che ci siamo conosciuti.»

«Me lo ricordo benissimo» replicò Valerio.

«Ma non sono stata io a dirti che ti avrei accompagnato. Sei stato tu a chiedermi di venire via con te.»

«Non mi pare... può darsi. Ma non cambia niente di quello che è successo dopo. Non ci hai pensato neppure un momento di ritornare dai tuoi amici. Uno ti stava chiamando con insistenza: lo ammetterai, spero. Ma tu non ti sei mossa, non mi hai lasciato passare... anzi, ti sei mossa per venire via con me.»

A vent'anni basta il battito d'ali di una farfalla per alzare il vento che spazza via un amore e ne porta un altro con impensabile leggerezza. Col passare del tempo, si teme che quel battito d'ali possa riguardarci: allora ci si protegge fingendo, e si smarrisce il senso vero della vita. Milena lasciò che quel vento la portasse altrove, perché i suoi vent'anni non sarebbero riusciti a nascondere la sua emozione. Non sentiva la voce del compagno d'università che la chiamava. Rimase di fronte a quel giovane di qualche anno più grande di lei, con i capelli arruffati, lo sguardo dolce, con un vestito sgualcito che forse pensava di rendere migliore indossando un vaporoso foulard blu su una camicia bianca, come se fosse una romantica dichiarazione al mondo della propria identità di musicista.

Si erano diretti verso il Ponte dell'Accademia e, pur camminando lentamente, Valerio rimaneva un passo davanti a Milena, quasi volesse trascinarla nel suo piccolo universo di musicista. Parlava, parlava dei suoi studi, dei suoi progetti, di possibili concerti, come se quella ragazza appena conosciuta fosse lì per ascoltarlo, entusiasta nel sentirsi raccontare la sua storia. Milena riuscì appena a dirgli che anche a lei sarebbe piaciuto suonare il pianoforte, ma lo aveva studiato solo un poco. I suoi genitori, infatti, volevano che imparasse bene le lingue e poi eventualmente la musica.

«Abito lì» le disse Valerio, dopo aver camminato per un po' lungo le Zattere.

Milena si guardò intorno come per orientarsi. In realtà sapeva bene dove si trovava: la sua casa non era lontana. Orientarsi per lei voleva dire: "Adesso cosa faccio?".

«Ti piacciono le scalate in montagna?» le chiese Valerio.

«Veramente no... semmai passeggiare.»

«Proprio non ti va di fare una scalata fin lassù, in cima, dove c'è la mia soffitta? Quattro piani molto ripidi.»

Milena finì di salire quelle rampe con il cuore in gola, ma non per la fatica. «Immaginavo una vera soffitta. È bellissimo qui» gli disse, affacciandosi a un piccolo terrazzo e guardando Venezia che si distendeva sotto i suoi occhi.

Valerio la raggiunse e si fermò appena dietro di lei, sfiorando il suo corpo. Rimasero così qualche istante, poi la fece girare verso di sé e, prendendole il volto tra le mani, la baciò. La casa era molto raccolta: solo qualche passo e Milena andò a sedersi sul bordo del letto. Cominciò ad aprirsi la camicetta bianca, lentamente, come se ogni bottone che passava tra le sue dita fosse un'occasione per riflettere. Le sue guance si erano arrossate.

«Ti vergogni di fare l'amore con un uomo che hai appena conosciuto?» le domandò Valerio, rimanendo ancora in piedi di fronte a lei. Milena abbassò lo sguardo e smise di slacciarsi la camicetta. «Scusami, sono un grande villano. Scusami» le disse, mettendosi a sedere accanto a lei, cercando di abbracciarla.

«No... È che io non ho mai fatto l'amore.»

Gli anni avevano reso malinconica la bellezza dello sguardo di Milena: in silenzio continuava a osservare il volto di Valerio, in attesa che le sue parole ripercorressero ancora la storia d'amore di un tempo. «Questo te lo ricordi?» le chiese, su quella panchina di fronte a San Michele. «Almeno questo lo ricordi?»

«Non è andata proprio così» gli rispose Milena.

«Ho dimenticato ancora una volta i particolari?»

«È stato ancora più bello. E a fare l'amore con te ci ho messo molto meno. Dalla festa saremo andati via alle cinque di pomeriggio e alle sei eravamo già insieme. Ti ricordi che poi, dopo l'amore, abbiamo cercato nel tuo armadio una coperta e io, prendendola, ho rovesciato una sedia dov'erano appoggiati un mucchio di spartiti?»

«No.»

«E neppure che ti sei arrabbiato, cambiando immediatamente d'umore? Da un momento all'altro, subito, il primo di una serie infinita di rimproveri.»

Milena aveva steso la coperta sul pavimento del terrazzino e aveva chiesto a Valerio di andare a sdraiarsi vicino a lei, per guardare insieme il cielo. Sperava di vedere almeno una stella cadente per poter esprimere un desiderio, quel «per sempre» che sognano tutte le ragazze innamorate a vent'anni. Aspettarono lì, in silenzio, che una scia luminosa solcasse il cielo. Il primo amore sarà così per tutti? Se lo chiedeva senza lasciare la mano di Valerio.

Diventa più facile e meno dolorosa la separazione se il primo amore non è stato così bello come fu per lei, se si è vissuta la normalità e non l'eccezione. Se quel ricordo le aveva dato il coraggio di superare tante difficoltà, molte altre volte l'aveva rattristata, quando pensava che non avrebbe mai più trovato tanto amore e che gli anni, nel loro trascorrere, sono crudeli, soffocano l'intensità delle passioni e lasciano credere che non basti l'amore per non soffrire.

«Perché mi ricordi queste cose?» le chiese Valerio.

«Come perché? Hai incominciato tu... sbagliando. Sei

davvero un caso: un musicista impreciso. Ti ho voluto ricordare quello che era successo, l'inizio della nostra storia. Tutto qui. Non essere complicato. Quante volte mi è tornata in mente quella notte, distesi sulla coperta nel tuo terrazzino a guardare le stelle. Noi due e sopra di noi il cielo pieno di promesse. In quella notte mi hai insegnato cosa fosse l'amore. È stato magnifico e poi drammatico: la terribile sensazione di aver perso per sempre la persona che sognavo, di avere la certezza di non poterla più ritrovare.»

Milena lo guardava nella sua apparente calma, il volto disteso, senza una ruga, eppure invecchiato: gli occhi scuri ancora con quella profondità che non dimenticava, ma segnati da qualcosa di nuovo che lei non riusciva a decifrare, come un tratto di sfiducia, lasciato da un'esistenza più difficile del previsto. E i capelli un po' lunghi davano una compostezza ai suoi riccioli (che ricordava ribelli e irriverenti), come l'indizio di una rinuncia all'avventura della vita.

Valerio si sentiva osservato, capiva che Milena frugava nella sua storia, cercando un'impossibile fedeltà al passato. Sfidandola, prese anche lui a guardarla senza fingere, come per dirle che anche lei aveva dovuto fare i conti con il tempo. I lineamenti del viso avevano perso l'armonia di una volta, la magrezza lasciava sporgere con troppa evidenza gli zigomi, e i capelli raccolti le davano un'aria austera, facendola sembrare più vecchia. Solo l'azzurro degli occhi conservava l'identico magnetismo di una volta.

«Ti sono venute sottili rughe sulla fronte, soprattutto quando sorridi, come adesso» le disse Valerio.

5

Erano innamorati e si sentivano estranei l'uno all'altra dopo gli anni di lontananza. Il loro era l'amore più doloroso, quello che divide, che non si è lasciato sopraffare – nonostante il tempo – dall'indifferenza che avrebbe reso molto più semplice la vita. Ora sapevano soltanto che quel lontano primo amore li aveva uniti in un modo assoluto, come pochi potevano capire. Quando quell'assoluto si era frantumato, nessuno dei due aveva accettato un compromesso affettivo convenzionale: l'inevitabile conseguenza era stata quella di dover camminare con dolore sulle macerie del loro amore.

«Quanto tempo dobbiamo restare ancora seduti su questa panchina?» gli chiese Milena.

Valerio s'alzò di scatto, prese per calle Santa Domenica, come se fosse solo, senza aspettarla. Incrociò per la strada un uomo alto, grosso, con un cappello di paglia e un vestito bianco di lino, stonato per il clima non più estivo. Sotto il braccio un pacco di giornali che sembravano dover cadere da un momento all'altro. Valerio, distratto, complice la calle molto stretta, lo urtò rompendo l'equilibrio precario dei suoi quotidiani. «Maestro, che coincidenza: ho appena finito di leggere un bell'articolo su di lei. Eccolo proprio qui per terra» disse l'uomo raccogliendo una rivista. «E come procede la preparazione del suo concerto? Tutti qui siamo ansiosi di ascoltarla. Lo sa che il teatro è esaurito?»

Valerio fece un cenno senza rispondere, sperando di comunicargli sia la sua soddisfazione, sia la cortesia di un saluto. Raggiunto da Milena, provò a proseguire per la sua strada, ma venne trattenuto da una mano poderosa che si posò sul suo braccio. «Non scappi via, maestro. Andiamo a bere un caffè e ragioniamo su qualche progetto futuro. Il Teatro Verdi è una luce che rischiara questi tempi di guerra. Anche noi siamo in un certo senso dei soldati, perché aiutiamo gli abitanti di Zara a difendersi dalla miseria culturale in cui ci vorrebbero costringere i nostri nemici.»

Valerio cercò di rifiutare l'invito, dicendo che era in compagnia di Milena e che non potevano fermarsi. «Ma viene anche lei con noi! Mi permetto di insistere per un buon caffè tutti insieme. La signora saprà di musica e ci potrà dare qualche importante consiglio. Lei è di Zara, vero?» chiese rivolgendosi a Milena.

«No, è mia moglie» disse subito Valerio, prima che lei potesse rispondere. L'uomo, che nel frattempo si era risistemato sotto il braccio il pacco di giornali, sembrò colto alla sprovvista. Rimase senza parole, guardando per qualche istante alternativamente Valerio e Milena. Poi, superato lo stupore, esclamò la prima frase che gli venne in mente, senza preoccuparsi delle conseguenze che avrebbe provocato: «È una vera sorpresa» proferì con tono oracolare.

Appena rimasero soli, fu Milena, questa volta, a trattenere per un braccio Valerio: «Sei stato proprio arrogante e insopportabile come al solito, parlare al posto mio. Potevo decidere io se accettare l'invito per il caffè, no?».

Valerio fece finta di niente. «Però» continuò Milena

«ti devo confessare che quando ti ho sentito dire "è mia moglie", mi sono emozionata.»

«Non ho detto niente di strano» le rispose Valerio ancora con indifferenza.

«E quel signore, chi è?»

«Il sovrintendente del Teatro Verdi.»

«Ha parlato di un tuo concerto.»

«Sì.»

«Sei irritante quando diventi così laconico. Non posso saperne di più?»

Pochi passi davanti a loro erano affissi al muro dei manifesti. Uno era del Teatro Verdi e pubblicizzava il concerto di Valerio, con il suo nome scritto a caratteri cubitali.

«Guarda qui, c'è tutto quello che vuoi sapere» disse Valerio, mettendo Milena proprio davanti alla locandina del teatro.

«Sei sempre molto bravo» rispose lei, continuando a leggere con attenzione il manifesto per non lasciarsi sfuggire nessun dettaglio.

«Macché bravo! Non hanno niente di meglio da proporre. Per uno come me che sognava diventare un nuovo Arthur Rubinstein acclamato in tutto il mondo, non mi sembra un successo grandioso.»

«Ottimo, non c'è che dire: il tuo bilancio è confortante dopo che hai mandato a gambe all'aria una famiglia.» La sua voce era piena di rancore.

«No, sei tu che non sopportavi la mia vita.»

«Quale vita? Sempre in giro, senza una vera casa, senza soldi.»

«Ti dimentichi la politica: metti in conto anche quella» le disse lui con tono provocatorio.

«Appunto, anche quella.»

La vera passione di Valerio era la musica, ma la politica rappresentava una responsabilità a cui non aveva mai saputo sottrarsi. L'arte poteva avere un senso per la vita, ma non doveva essere una ricerca della bellezza fine a se stessa. Amare la musica, dedicarle tanto tempo per studiarla è giustificabile se non viene trascurata la realtà sociale in cui si vive.

Fin dagli ultimi anni al liceo classico Gabriele D'Annunzio, Valerio si era impegnato nelle organizzazioni studentesche per portare il proprio contributo al dibattito culturale del tempo. Il tema cruciale, quello che stava nel cuore di tutti e su cui sempre si tornava a discutere, era la difesa e lo sviluppo dell'italianità nella terra dalmata. Valerio non aveva il carattere del leader e preferiva seguire le indicazioni e gli ordini che gli davano gli amici delle associazioni a cui, di volta in volta, partecipava. E non era neppure una persona metodica a cui si potesse affidare una ricerca politica o un semplice censimento che mettesse in luce la realtà economica e sociale della Dalmazia o di Zara in particolare. Quando gli avevano affidato compiti di quel tipo, i risultati non erano mai stati convincenti, a riprova del fatto che quell'impegno non lo entusiasmava. Tuttavia, era molto bravo a trattare con le persone, a parlare con loro per conoscerne i problemi: trovava l'occasione – nei bar, nei ritrovi pubblici dove c'era un pianoforte o un violino (era bravo anche con quello) – per creare, suonando, l'amicizia tra la gente. Con la musica dava sempre il meglio di sé quando si trattava di costruire rapporti di solidarietà tra le persone, uno spirito d'unione, fondamentale per trasmettere la passione politica.

Zara era un crogiolo di etnie, lingue, tradizioni, armonizzate in uno straordinario cosmopolitismo che aveva la sua origine nella civiltà romana. Organizzando incontri, manifestazioni culturali, interventi nelle scuole, Valerio e i suoi amici cercavano di valorizzare quest'intreccio di storie diverse, che dava alla città, pur nella sua piccola dimensione urbana, un respiro internazionale. Certo, a Zara tutto parlava italiano, o meglio veneziano, dai bassorilievi del leone di San Marco sulla Porta Terraferma, alle lapidi e alle dediche all'interno delle chiese, alle iscrizioni sugli edifici. Ma a Zara si potevano anche incontrare croati che vendevano frutta e verdura in piazza delle Erbe, mentre a Borgo Erizzo viveva la comunità degli albanesi, e in calle Santa Maria si ricreava, in certe ore del giorno, un vero e proprio bazar orientale. E l'atmosfera cambiava ancora, diventando austroungarica nei caffè di Calle Larga e in Riva Nuova, dove regnava un compassato silenzio e i clienti potevano leggere i giornali a disposizione del pubblico, giocare a scacchi o a carte.

Dall'altra parte della città, in Riva Vecchia, ancora altri mondi si mescolavano nei locali pubblici, dove non era insolito ascoltare, insieme alle cadenze dialettali veneziane e triestine, anche la parlata tedesca e serba.

Valerio amava questa varietà umana di Zara, e desiderava che venisse compresa e sviluppata: non c'era bisogno di fare grandi, quanto inutili, crociate nazionalistiche, perché la città possedeva già una sua bellissima identità, esempio di civiltà per tutti coloro che credevano nel dialogo tra le diverse culture come principio di convivenza umana. Era stato proprio il linguaggio senza frontiere della musica a formare questo suo modo di pensare che, se da un lato lo aveva aperto a una generosa visione del mondo intessuta di utopie sulla fratellanza e la solidarietà, dall'altro queste stesse utopie, così nobili, lo rendevano fragile di fronte ai reali, gravi conflitti sociali che di lì a poco sarebbero esplosi quando la guerra avrebbe sconvolto drammaticamente la vita di tutti.

6

«Musica, politica... Tante pretese e infinite illusioni. Un talento troppo normale per poter diventare un grande pianista, e troppo ingenuo in politica» disse Valerio. «Quando penso a me, mi ritrovo disarmato, quando penso a noi... un vero fallimento. L'anno prossimo Renata comincerà ad andare a scuola... che peccato! Tutto uno sbaglio.»

«Ha già iniziato il primo ottobre, non l'anno prossimo: prima elementare.»

«Ma è piccola ancora» esclamò Valerio.

«Neanche ti ricordi gli anni di tua figlia. L'abbiamo iscritta alla scuola privata, dalle suore di Nevers...»

«Certo, voi avete i soldi...»

«Cosa dici» gli rispose Milena, seccata, «alla scuola pubblica non l'avrebbero presa, perché è di febbraio, e non mi pareva giusto farle perdere un anno.»

«Allora vedi che non mi sbagliavo poi di tanto. Ti chiede di me qualche volta?»

«Dobbiamo parlare di queste cose così, camminando tra la gente, senza neppure riuscire a sentirci bene per le folate di vento che arrivano da tutte le parti? E poi, questo continuo girare...»

Raggiunsero una calle vicino al Palazzo di Giustizia,

dove c'erano due bar. «In quale vuoi sederti?» le chiese Valerio. Con il braccio la stringeva appena un po' a sé, quasi volesse proteggerla dalla gente.

«È lo stesso.» Il tono della voce, fermo, mostrava fastidio per quel braccio che la tratteneva. Senza riuscirci, cercò di liberarsi.

«Allora dimmi almeno se preferisci stare dentro o fuori» le chiese gentilmente Valerio.

«Dentro.»

Seduti uno di fronte all'altra, immersi nel silenzio. C'erano molte persone, forse avvocati, magistrati in pausa prima di riprendere il lavoro in tribunale.

Imbarazzante il silenzio sotto gli occhi di tanta gente, quando non si riesce a essere disinvolti. Non si sa dove guardare. Osservare l'altro senza parlare è una sfida o un atto d'accusa, ma talvolta anche peggio: un'annoiata indifferenza. Se invece le intenzioni non hanno nulla di bellicoso, né di malinconicamente disinteressato, allora si rivolge lo sguardo al pavimento: la testa è reclinata, sconsolatamente la si scuote, la fronte è corrugata. Un atteggiamento patetico. Eppure non è così anormale, nel silenzio, perdersi nel vuoto, vagare con la fantasia, cosa che non desta meraviglia se la persona ha l'aria del sognatore. Diversamente appare ridicola. Ci sarebbe una soluzione per superare l'imbarazzo del silenzio, anche se, a rigore, è da maleducati: ognuno per conto proprio sceglie una persona che gli sta attorno, e la fissa senza discrezione, con insistenza, ma non era stata la soluzione adottata né da Valerio, né da Milena.

Tra i due, era lei a essere più a suo agio, anche perché aveva deciso come comportarsi, scegliendo la prima ipotesi. Aveva infatti pensato, vedendo Valerio imbarazzato di fronte a tanta gente, probabilmente conosciuta, di usare il loro silenzio come un'occasione venuta in soccorso proprio per farlo parlare. Era sospettosa, non aveva buoni presentimenti: sperava che, rimanendo zitta e non distogliendo lo sguardo dai suoi occhi, le avrebbe spiegato finalmente perché le aveva chiesto di venire a Zara, da lui.

«Vado a ordinare. La cameriera non arriva» disse invece Valerio, alzandosi all'improvviso dalla sedia, non riuscendo più a sopportare quel silenzio. S'avvicinò al bancone del bar e scambiò due parole con un uomo che, in piedi, beveva una birra.

«Sei andato senza chiedermi cosa volevo» gli fece notare Milena appena ritornò al tavolo. «E da quando hai ripreso a fumare?» Valerio, sorpreso, non le rispose. «Quell'uomo ti ha dato un pacchetto di sigarette con un fare misterioso, quasi fosse un oggetto segreto.»

«Qualche volta; fumo ogni tanto. So che bevi il cappuccino. Ho ordinato per te un cappuccino. È l'ora giusta, no? Hai cambiato abitudini?»

I motivi di conversazione si erano già esauriti. La sfida di Milena non aveva ottenuto il suo scopo. Rimasero ancora in silenzio, ma questa volta c'erano le tazze, lo zucchero e i cucchiaini ad aiutarli, a impedire ai loro sguardi di vagare imbarazzati nel vuoto. D'un tratto, senza un motivo apparente, il volto di Milena s'illuminò come attraversato da una segreta soddisfazione, assumendo un lieve rossore. Valerio se ne accorse, ma non le chiese il perché di quel cambiamento d'umore. Si accontentò di guardarla con tenerezza, questa volta sì, rompendo il silenzio, pur senza parole. Anni prima, era stato quel rossore a tradire l'emozione di Milena, mentre sul bordo del letto di Valerio si slacciava la camicetta. Era stato quel rossore la sua dichiarazione d'amore e a decidere il corso della loro vita.

«E Renata? Non mi hai risposto: ti chiede di me, mi ricorda?» domandò Valerio sottovoce.

«Era troppo piccola quando ci hai lasciate...»

«Quando te ne sei andata» la interruppe Valerio.

«Comunque io non le parlo di te.» Milena osservava la sua tazza girando nervosamente il cucchiaino per mescolare inutilmente lo zucchero. Sorrise, come se si stesse vergognando di ricordare qualcosa: «Una volta» riprese senza guardare negli occhi Valerio, «mi ha chiesto dov'è il suo vero papà».

«E tu?»

«Le ho detto che è in giro per il mondo a lavorare, che è un importante pianista e che un giorno verrà a trovarci.»

«Allora le parli di me.»

«No, solo quella volta.»

«Il suo vero papà...» ripeté Valerio con disappunto, scuotendo la testa. «Carlo lo chiama papà?»

«Sì, ma sa che non è il suo papà vero. A fine maggio ha fatto il saggio di musica e mi ha chiesto se ci sarebbe stato ad ascoltarla anche il papà vero» disse Milena, gli occhi inumiditi da un pianto che cercava a fatica di trattenere.

«Il saggio di musica?» chiese stupito Valerio.

«Eri tu che volevi che suonasse il pianoforte. Glielo abbiamo fatto studiare subito, molto presto. La maestra ha portato tutti i suoi allievi al Teatro Malibran per il saggio. Renata è stata molto applaudita, le hanno perfino chiesto il bis. Era così orgogliosa. Ha il tuo talento.»

«Spero di no. Non ho combinato un gran che. Però mi dicono che sono bravo a insegnare, e potrei insegnare anche a lei.»

Milena s'irrigidì. Fissò Valerio con uno sguardo cattivo, socchiudendo le palpebre, come per mettere a fuoco il suo avversario: «Adesso capisco: mi hai chiamata per Renata. Non azzardarti...».

«A fare cosa? A volere mia figlia?» le disse con aria sfrontata.

«Non ti azzardare» ripeté Milena a voce alta e piena di disprezzo.

«Sei sposata con me e vivi con un altro uomo. Quale giudice mi negherebbe mia figlia?» le rispose con irritante sicurezza.

«Questa non me l'aspettavo! Non immaginavo tanta meschinità, tanta grettezza. Hai fatto sempre quello che ti pareva, e adesso che sapevi come eravamo riuscite – io e tua figlia: ascoltami bene – a ritrovare un po' di equilibrio e di pace grazie alla generosità di una persona, mi fai venire fin qui per dirmi che butterai tutto all'aria. Sei un farabutto.» Milena si rannicchiò su se stessa come per proteggersi dalle parole di Valerio, o forse per non mostrarsi fragile nel suo pianto.

Valerio avvicinò il più possibile la sua sedia a quella di lei, cercando vanamente la sua mano. «Si sistemerà tutto presto, vedrai» le disse con affetto. «Andiamocene da qui, muoviamoci.»

«Sono stufa!» gli gridò in faccia Milena. «Da quando sono arrivata è tutto un andare avanti e indietro, seduti su una panchina o al caffè. Basta! Andiamocene pure, che questa gente non mi piace, continua a guardarmi. Ma dove?»

«Non lo so» le ripose laconico Valerio, in piedi prima di lei, scostando con cortesia la sedia della moglie per aiutarla ad alzarsi.

7

Usciti dal bar, dopo pochi passi, attraversando viale Tommaseo diretti alla Riva Nuova, furono seguiti da tre uomini. Uno era lo stesso con cui Valerio aveva parlato poco prima. Si scusò con Milena chiedendole di attendere, e raggiunse quelle persone che non lo avevano mai perso di vista da quando si era seduto al caffè. Milena, rimasta indietro qualche metro, non riusciva a sentire cosa si dicessero. Di tanto in tanto udiva parole sconnesse quando diminuiva il rumore del vento o il chiacchiericcio delle persone vicine a lei. Dai gesti, però, s'accorgeva che la discussione era molto concitata. Vedeva che Valerio non parlava, si limitava ad ascoltare, senza replicare, senza guardare in faccia i suoi interlocutori, anche se in modo del tutto evidente si rivolgevano a lui soltanto per avere delle risposte. Sembrava più interessato a osservare la corsa di una barca a vela che, sullo specchio d'acqua del canale di Zara, navigava velocissima da Punta Amica allo scoglio di Borgo Erizzo dove, con una virata, tornava indietro per rifare lo stesso percorso. Valerio notò qualche incertezza del timoniere, perché a un certo punto della corsa la vela della barca perse il vento. «Se non la riprende scuffia» disse a voce alta. «Non si può strambare lì con questo vento.»

Gli uomini si resero conto che era distratto e non li ascoltava. Quello incontrato al bar, che gli aveva allungato il pacchetto di sigarette, gli diede una pacca energica sulla spalla e continuò a percuoterlo con delle manate mentre gli parlava, come per segnare il ritmo del proprio discorso e sottolinearne l'importanza.

Milena osservava e poco le ci voleva per capire che quella conversazione era tutt'altro che amichevole. S'irritò constatando la remissività con cui Valerio subiva quei colpi senza un cenno di reazione, come se il suo corpo fosse un sacco che si scuoteva ogni volta che veniva urtato. Restava indifferente alle parole e ai gesti di quegli uomini, continuava a fissare la barca a vela che, ripreso il vento, correva veloce da Punta Amica allo scoglio di Borgo Erizzo.

«Non erano italiani quei tre?» gli chiese Milena appena ritornò da lei.

«No» le confermò Valerio.

«Croati, vero?»

«Sì» rispose laconico.

«Vedo che non ti va di parlarne.»

«No.»

Ripresero a camminare lungo la Riva Nuova, in silenzio. Milena, esasperata dall'atteggiamento e dalle insinuazioni di Valerio, si aspettava che, anche in quella posizione tanto precaria, in piedi, in mezzo alla gente, tra le folate di vento, si decidesse a spiegarle una volte per tutte le sue intenzioni riguardo alla figlia. E poi, adesso, come se non bastasse, anche questi croati. Era sempre più inquieta: troppe situazioni s'intrecciavano creandole problemi che non si sentiva in grado di controllare; troppe ambiguità e reticenze da parte di Valerio che non voleva, che non si sentiva in dovere di affrontare. Una cosa alla volta, si disse, confidando di ritrovare almeno per un po' di tempo la propria pazienza. «Davanti a quei tre te ne stavi zitto, come imbambolato, non replicavi niente. Ti stavano minacciando, vero? Perché non hai reagito?» gli chiese senza nascondere la sua preoccupazione.

«Osservo, ascolto e non parlo.»

«Perché?»

«Per sopravvivere.»

«Per sopravvivere!» esclamò Milena. «Cosa significa? Il primo uomo che hai raggiunto al bancone del bar...»

«Quale? Ce n'erano tanti.»

«Ma dài! Quello che sembrava vestito da festa, però con un abito preso in prestito. Ti ha dato un pacchetto di sigarette. E poi quando è uscito, passando vicino al nostro tavolo ti ha detto una frase in croato.»

«Siamo intesi.»

«Cosa?» gli domandò Milena, sempre più disorientata.

«Mi ha detto "Siamo intesi" in croato.»

«Perché? Nel pacchetto di sigarette non c'erano sigarette, vero?»

«Cosa ti credi, siamo in guerra, e ognuno deve fare la sua parte.»

«Non smetti mai di sognare» gli disse con una tenerezza a cui aveva, da un po', rinunciato. «E quale sarebbe la tua parte, Valerio?»

«Sai cosa dice Flaubert? "Chi durante la guerra non ha il coraggio di combattere al fronte, fa il delatore." A essere precisi non ha scritto proprio così e non mi riguarda... del tutto. Lui se la prendeva con i critici letterari che – diceva – sono come i delatori che, non avendo il coraggio di scrivere libri, fanno i critici, cioè le spie. Purtroppo io, lo sai bene, non ho potuto fare il militare per questo sciagurato difetto all'occhio che a me è sempre sembrato roba da poco. Però... Insomma, faccio l'informatore... a questo punto non ti dovrebbe essere difficile capire. Naturalmente tieni la cosa per te.»

Milena non si sorprese più di tanto. Sapeva quanto la politica fosse per Valerio un impegno così importante al punto di sacrificare anche il tempo da dedicare al suo lavoro, per non parlare di quello che aveva portato via alla famiglia. Per un verso ammirava quella sua volontà di essere presente nella vita civile della città, per l'altro s'accorgeva che Valerio, pur mettendoci tutta la sua passione, non era in grado d'incidere, di far valere le sue idee. Era un comprimario, per questo avrebbe preferito che, anche adesso con una famiglia sfasciata, si occupasse di più del suo pianoforte e lasciasse stare tutti gli altri impegni che si era preso. Tuttavia, sapeva che niente l'avrebbe dissuaso dal partecipare attivamente alla politica, sobbarcandosi ogni possibile e immaginabile responsabilità per difendere una Zara italiana e cosmopolita. Milena si chiedeva in quale situazione complicata si fosse cacciato (era la sua specialità) e sperava di capirne un po' di più.

Insistente, determinata a non trascurare quanto stava facendo Valerio, lo costrinse a spiegarle almeno quale fosse il suo incarico attuale per tentare di capire il motivo di tanta aggressività da parte degli individui incrociati fuori dal bar. Reticente, Valerio le illustrò in modo molto sommario cosa stesse accadendo in tutta la regione con le relative, inevitabili ripercussioni internazionali. L'occupazione tedesca della città aveva generato infiltrazioni di carattere terroristico; c'erano stati arresti un po' ovunque: una ventina di persone per sospetta connivenza con i partigiani, una decina di militari e civili aderenti al partito comunista. La confusione era grande, non si sapeva più chi controllava chi e cosa, dopo l'8 settembre non c'era più esercito, soldati sbandati che non sapevano dove andare, giovani studenti senza più università che cercavano con rischioso spontaneismo di aggregarsi per formare nuovi gruppi politici e militari. Tre mesi prima Badoglio aveva dichiarato che la guerra sarebbe continuata, a settembre che era tutto finito e si dovevano cessare le ostilità contro le forze anglo-americane. A Zara si poteva ancora contare su un discreto rispetto dell'ordine, ma nelle campagne regnava l'anarchia.

Milena ascoltava con attenzione, disturbata dalla mancanza di un luogo tranquillo in cui ragionare, infastidita dal loro continuo camminare senza meta. Come si poteva riflettere su questioni tanto importanti in una situazione così precaria? Quando le parve che ci fosse intorno a loro un po' di calma, gli chiese in modo perentorio: «Ma esattamente tu cosa devi fare?».

Valerio guardò nel vuoto, quasi cercasse l'ispirazione per una risposta: «Francamente non lo so, se devo risponderti con la precisione che mi chiedi... non lo so» le disse senza scomporsi.

«Almeno si può sapere cosa volevano da te quei ceffi di prima?»

«Quei croati, vuoi dire?»

«Sì, loro.»

«Sciocchezze che adesso sembrano questioni politiche importantissime. Questa, però, è così grottesca che te la posso raccontare» le rispose divertito.

«Perché, tutto il resto no?»

«No. E non chiedermi altro, perché ti potrei mettere inutilmente in pericolo. Comunque, la vuoi conoscere quella storia o no?»

Al cenno affermativo di Milena, Valerio raccontò che in città, precisamente nell'aula magna del liceo Gabriele D'Annunzio, si era svolto un convegno, da tempo programmato, sulla figura di Niccolò Tommaseo, aperto a studiosi italiani, croati, austriaci. La maggior parte delle relazioni trattava Tommaseo come un patriota esemplare della sua terra dalmata con analisi assolutamente corrette ma che in sostanza non aggiungevano niente di nuovo alle interpretazioni dei suoi scritti politici e letterari. Quando ormai il convegno stava per concludersi, prese la parola un giovane liceale che pareva arrivare da un altro pianeta. Si fece avanti, magrissimo, i capelli biondo chiari, quasi bianchi, così lunghi da scendere oltre il colletto della camicia, gli occhiali grandi cerchiati di nero, ma le lenti non erano affatto spesse e lasciavano scorgere uno sguardo acuto, intelligente. Indossava giacca e pantaloni eleganti, anche se ci sarebbe potuto entrare due volte, e le scarpe, pur col passo più leggero, facevano scricchiolare la suola. Dal posto in cui era seduto al tavolo della conferenza c'erano meno di dieci metri di distanza: facendo quel tratto riuscì a inciampare più di una volta, forse per colpa dei pantaloni che gli finivano sotto la suola delle scarpe, forse perché, già tutto concentrato sulla sua relazione, non evitava le gambe delle sedie.

L'ilarità dei presenti, malamente trattenuta, cessò immediatamente appena il ragazzo cominciò a parlare. Una voce decisa, la dizione perfetta, nessuna imprecisione grammaticale pur non leggendo il discorso, solo qualche rapida occhiata a un foglio di appunti. Dall'attenzione per le sue riflessioni allo stupore generale trascorse poco tempo. Il giovane prese di tasca un libretto con la copertina gialla e lesse: *Iskrice*, una parola croata che si può tradurre in "Piccole scintille". Quell'opuscolo conteneva alcune poesie scritte in croato da Niccolò Tommaseo: ne scelse tre o quattro da declamare, dando poi di ognuna la traduzione italiana.

La lettura di quelle liriche gli consentì di mettere in luce un Tommaseo non trattato nelle precedenti relazioni, cioè un intellettuale cosciente dei valori della sua terra dalmata, ma anche uno spirito cosmopolita, fervente sostenitore dell'unità nazionale e della sua indipendenza, tuttavia aperto alla necessità di relazioni culturali tra tradizioni diverse.

Immaginabile lo sconcerto che generò tra i presenti quel ritratto di Tommaseo, al punto che si volle sapere qualcosa di più su quel giovane da entrambi i versanti politici: quello di fede nazionalista italiano e quello croato. E neppure i tedeschi furono disposti a rimanere alla finestra.

«E tu sei quello che deve cercare di scoprire qualcosa di più su quel liceale» gli disse Milena con sarcasmo, convinta adesso della scarsa importanza del compito affidato a Valerio.

«Certamente, ma sono soltanto uno tra quelli che devono cercare di sapere qualcosa di più.»

«E a chi devi riferire? Chi sono i tuoi contatti?»

«È complicato, non è semplice da spiegare così sui due piedi in mezzo alla gente. Tutto è infido, si vive nel sospetto generale che non lascia distinguere ciò che è grave da ciò che è marginale. Ieri, tra gli scogli vicino a Battara, sono stati trovati due corpi, annegati, forse prima trucidati: hanno il cranio fracassato, irriconoscibili. E nei boschi di Boccagnazzo, vicino al paese Due Torrette, è stato rinvenuto il corpo di un uomo legato al tronco di un albero con il ventre squarciato e senza testa. Non si conoscono i responsabili, non si sa come proteggersi, chiunque e nessuno è responsabile...»

Milena rimaneva in silenzio, poi, all'improvviso, irritata: «Hai ragione, così sui due piedi, tra la gente, non si può parlare di niente. Andiamo dove si può stare tranquilli».

«La verità, Milena, è che non sei più giovane, ti stanchi subito» le disse sorridendo Valerio. «Non ti ricordi le nostre lunghe camminate tra le rocce bianche e la terra rossa verso i monti Vellebit? Non volevi mai fermarti, non volevi mai riposare per mangiare i panini che ci portavamo nello zaino. Eri un cerbiatto, stupenda!»

«Ti sembra che sia la stessa cosa? Non mi stancherebbero neppure adesso quelle camminate. Comunque, grazie per vedermi vecchia, molto gentile.»

«Veramente ho detto un'altra cosa, e poi pensavo che volessi passeggiare per Zara.»

«E cosa stiamo facendo da quando sono arrivata?» esclamò.

«Ti porto a vedere casa mia.»

«No, non mi interessa, la conosco... Perché non abiti più lì?» gli domandò Milena, smentendo la propria indifferenza.

«La nostra vecchia casa? Troppo grande per me solo.»

«E le nostre cose? Sì, tutto quello che c'era dentro?»

«Allora hai pensato almeno una volta di tornare a vivere con me a Zara» esclamò Valerio.

«Non ho rimorsi, se è questo che vuoi sapere.»

«Rimorsi e desideri possono stare insieme. Comunque, non ti porto a casa mia, non continuiamo a passeggiare, non sediamoci al caffè. Conosco il modo di muoverci senza camminare, stando all'aria aperta o al chiuso se c'è troppo vento. Ancora un po' di pazienza e qualche passo in più. Una volta ti piaceva e divertiva molto Renata...»

«Lascia stare la bambina, non credere che sia finita qui, che mi sia dimenticata quello che mi hai detto prima.»

«Presto si sistemerà tutto.»

«È la seconda volta che me lo dici. Mi fai paura» gli disse Milena.

Si diressero verso Porta San Rocco, da dove partono i vaporetti di linea che toccano le località della costa – Ceraria, Barcagno, Punta Amica – poi doppiando il promontorio, raggiungono Battara e infine fanno ritorno a Zara.

A quell'ora i passeggeri erano pochi: in genere, si serve del vaporetto chi va a lavorare nelle prime ore della mattina o rincasa la sera. C'erano molti posti a disposizione a prua, all'aperto, o in cabina, a poppa. «È inutile farsi tormentare dal vento: andiamo dentro» protestò Milena. Valerio insistette per sedersi davanti, così avrebbero ammirato molto meglio il panorama. «Come se non conoscessi questi posti: vuoi che me li ripassi?» gli disse Milena che si era lasciata convincere da Valerio a sedersi a prua.

«Può essere l'ultima volta che li guardiamo insieme» le rispose.

«Come sei drammatico! Una novità, non lo sei mai stato. Finiscila di prendermi in giro.»

8

Si sistemarono accanto alla cabina di pilotaggio, collocata un po' più in alto rispetto ai posti per i passeggeri, perché lì, sosteneva Valerio, si era un po' più riparati dal vento. Il capitano del vaporetto era seduto su un seggiolino e leggeva il giornale fumando un toscano, aspettando l'orario della partenza. «Che schifo» disse a voce alta, riponendo il quotidiano. «Qui la gente sparisce, e quella che si ritrova è annegata, impiccata, decapitata. Nessuno pensa a noi, e se c'è qualcuno che pensa a noi, c'è anche d'aver paura.» S'accorse che in basso, vicino a lui, era seduto Valerio. «Non l'avevo vista, maestro» si scusò. «Porta a vedere la bellezza delle nostre terre questa affascinante signora?»

«È mia moglie» rispose Valerio.

Il capitano rimase in silenzio, mostrandosi sorpreso: «Aspettiamo tutti il suo concerto, maestro» disse appena si riprese dallo stupore.

«Qui tutti si meravigliano che hai una moglie. Con quante donne ti fai vedere in giro?» gli chiese sorridendo Milena.

«Sai cosa dice Flaubert?»

«Ancora lui!»

«"Il piacere più bello?" chiedono a madame Bovary.

E lei risponde: "Mettere le corna all'amante andando a letto con il marito".»

«Anche questa è per metà inventata da te come l'altra frase?»

«No, no è così... quasi.»

«Comunque non mi riguarda» tagliò corto Milena.

Il capitano del vaporetto diede un'occhiata all'orologio, si accorse che era il momento di partire. Con una mano tenne il timone, con l'altra prese un piccolo megafono d'ottone legato a un tubo flessibile rivestito di anelli d'acciaio, con cui poteva comunicare con la sala macchine. «Indietro mezza» diede ordine all'uomo che controllava i motori, alloggiati nella parte più bassa dello scafo. Grazie a quel lento movimento le funi con cui il battello era legato all'imbarcadero persero di tensione, si allentarono e si poterono slegare dalle bitte. In breve tempo, il vaporetto raggiunse la Riva Cristoforo Colombo, ma la manovra d'attracco fu più lunga del previsto perché due barche di pescatori avevano occupato lo specchio d'acqua antistante l'approdo riservato ai mezzi di linea.

Il capitano e il suo marinaio cominciarono a gridare di lasciare libero quel tratto di mare per consentire l'attracco, ma i barcaioli, impassibili, continuarono a scaricare con calma le loro cassette di pesce. Poi, sentendosi offesi dalle minacce sempre più insistenti con cui veniva intimato loro di allontanarsi in fretta, risposero con parole pesantemente ingiuriose, dando il via a un litigio sempre più volgare.

Milena e Valerio erano seduti nella posizione migliore per assistere a quel battibecco. La gente imbarcata sul vaporetto aveva fretta di scendere, mentre quella che aspettava sull'approdo voleva alla svelta salire. In breve, alle imprecazioni del capitano, del marinaio e dei barcaioli si aggiunsero quelle dei passeggeri che reclamavano il rispetto dei loro diritti.

«Sarà anche divertente» disse Valerio, guardando Milena ridere di quella gazzarra. «Tuttavia stiamo vivendo gli anni peggiori della nostra vita, di sicuro non c'è una tra quelle persone che sta schiamazzando che non abbia un proprio dolore, e stai certa che non ce n'è una che non darebbe tutto ciò che ha per liberarsi da quel dolore anche solo per qualche minuto. Se parlassi con loro ti risponderebbero che la loro sofferenza è grandissima, che niente la può cancellare, che stanno passando momenti terribili... Poi, in realtà, basta una stupida scenetta buffa come questa che si dimentica tutto. Sai perché? Perché il dolore non vale niente, perché il dolore trascende il valore.»

«Cosa dici! Sei sempre complicato» gli rispose Milena, molto più interessata a quello che stava succedendo lì attorno che alle elucubrazioni filosofiche di Valerio.

«Nessuno sa cosa sia il tuo dolore: sì e no lo sai tu, e di sicuro non un estraneo. È come una moneta sconosciuta che non puoi usare, e nessuno ti fa credito. Il dolore chiude: si è soli, senza risorse.»

«Si è soli... a questo ci arrivo anch'io» concluse lei.

Tra le urla del capitano, del marinaio, dei pescatori, dei passeggeri, il vaporetto era riuscito ad approdare a Ceraria, a far sbarcare e reimbarcare i nuovi viaggiatori, e adesso navigava veloce verso Barcagno, cercando di recuperare il ritardo. L'acqua del porto era calma, uno specchio sul quale il battello scivolava, sollevando soltanto piccole onde che parevano leggere imperfezioni del vetro. L'approdo a Barcagno si svolse senza problemi, con un'ordinata ritualità che nei gesti e nelle parole rispettava vecchie abitudini collaudate da anni: il capitano, attraverso il suo piccolo megafono di ottone luccicante, dava ordini al macchinista. «Avanti mezza», «indietro tutta», diceva stancamente, con voce meccanica, come se fosse la cosa più semplice del mondo governare il suo vaporetto. E questo, docile, si avvicinava lentamente all'approdo, fermandosi con precisione lì davanti: il marinaio lanciava con consueta abilità verso l'imbarcadero la fune che andava ad attorcigliarsi a una grossa bitta di ferro, apriva il cancelletto, sistemava la passerella per facilitare il deflusso dei passeggeri, e incominciava la sua cantilena: «Attenti al passo... guardare dove mettere i piedi...». Ripeteva quelle parole con una ritmata regolarità, senza mostrare, almeno in apparenza, di preoccuparsi gran che se la gente stesse facendo il passo giusto per evitare d'inciampare, col rischio di finire in acqua.

Sbarcarono anche Milena e Valerio e s'incamminarono verso il molo Porporella per raggiungere la sede del circolo sportivo Diadora, dove Valerio avrebbe dovuto incontrare delle persone.

Milena, visibilmente infastidita da quell'appuntamento, s'accorse che non era poi così casuale, come aveva creduto, quel loro girovagare per Zara, in apparenza senza una meta. Doveva ammettere che, fino a quel momento, si era sentita protetta dal caso, dall'idea che il loro camminare senza meta non avesse uno scopo preciso, difesa dal pensiero che ogni cosa stesse facendo non fosse la conseguenza di un calcolo. Una convinzione che l'aveva aiutata ad accettare le indecisioni e le reticenze di Valerio e a non insistere per capire cosa volesse veramente da lei. Credendo al caso, si era creata un pretesto per giustificare il suo comportamento. Ora, l'incontro al circolo Diadora non era un caso, così come, certamente, gli altri luoghi in cui erano stati, e ciò l'obbligava a riconsiderare sotto un'altra luce il tempo appena trascorso. Troppe cose Valerio le nascondeva con le sue insinuazioni e mezze frasi.

«Stai ferma così» le disse.

Raggiunto il circolo, un luogo di ritrovo di velisti,

accogliente, un po' appartato, fuori dal chiacchiericcio della città, si erano seduti ai tavoli sulla terrazza di fronte al mare.

«Cosa ho fatto, adesso, di sbagliato?» gli domandò preoccupata Milena.

«Il tuo sorriso.»

Milena era assorta, guardava sprofondata nei ricordi: un po' più lontano vedeva i Bagni Maria, quelli che frequentava quando Renata era ancora molto piccola. Quel suo sorriso era un dono della memoria, quando la felicità viveva insieme a loro, e la vita pareva segnata da un cammino pieno di seducenti promesse.

Valerio le scostò, appena sfiorandola, i capelli che le erano scivolati davanti al viso. «Sai che non ci siamo mai fatti fotografare insieme? Sempre con la bambina, con gli amici... mai io e tu soli» le disse.

«Non ci ho mai pensato. Devo star ferma così, mi fotografi? Dove hai la macchina?»

«Per un attimo ti ho rivista com'eri quando d'estate venivamo qui. L'espressione del tuo viso così arrendevole, i capelli sempre scompigliati dal vento. Ti ricordi quando ho preso quella barca a vela e per una volta sono riuscito a farvi salire?»

«Hai preteso che venisse anche Renata... due anni, su una piccola deriva di quattro metri. Il solito incosciente.»

«Però siete salite» le rispose Valerio.

«Ho sempre fatto quello che volevi.»

«Non è vero, te ne sei andata. Lo hai voluto tu.»

«Di nuovo! Ricordi male, ricordi solo quello che vuoi.»

«Eri bellissima.»

«Ero?»

Valerio si sporse dalla sua sedia verso di lei e ancora una volta le riordinò i capelli con un gesto che lasciava immaginare la tenerezza di un bacio. «Anche il più grande dolore, per un attimo, una donna lo dimentica quando si parla della sua bellezza. Sai chi l'ha detto?»

«Sarà ancora Flaubert.»

«No, non è lui. È una frase che abbiamo letto insieme tanto tempo fa.»

«Non mi ci riconosco, se è questo che t'interessa» replicò sbrigativa Milena, allontanandosi dalla carezza di Valerio.

9

Non trascorse neppure un quarto d'ora dal loro arrivo al Diadora che due uomini s'affacciarono all'ingresso del circolo. Valerio si trattenne con loro molto più a lungo che con i tre croati incontrati, poco prima, attraversando viale Tommaseo. Senza farsi notare, Milena questa volta cercò di ascoltare quello che si dicevano. Erano italiani, lo si capiva anche dal loro aspetto e dagli abiti che indossavano: chiedevano a Valerio di informarsi sulle bande che operavano nei boschi lì vicino, di non fidarsi di una certa persona. Le pareva che lui, adesso, non si limitasse a "osservare e ascoltare per sopravvivere", ma partecipasse alla discussione che solo a tratti assumeva toni concitati. Si salutarono a voce alta, in modo cordiale, come se Valerio volesse rassicurare Milena, non essendogli sfuggito il suo interesse per il loro dialogo.

Appena tornato a sedersi accanto a lei, si disse pronto a soddisfare la sua curiosità. Milena non gli chiese niente, rimaneva in silenzio guardando il mare, da un lato segretamente tranquillizzata non tanto da ciò che aveva ascoltato, quanto dall'atteggiamento di Valerio e degli uomini con cui aveva parlato, dall'altro contrariata per essere, con lui, sempre disponibile, senza ancora capire perché avesse voluto il suo arrivo a Zara. Oppure lo avrebbe già dovuto comprendere? Forse Valerio non era stato esplicito come lei avrebbe desiderato, ma dalle sue allusioni, da qualche insinuazione probabilmente avrebbe già dovuto intuire le sue intenzioni. Era lei che si ostinava a non capire? E poi si sentiva anche un po' umiliata: perché avrebbe dovuto domandargli chi fosse quella gente e di cosa avessero parlato? Fatti suoi, altro le interessava sapere.

Notando l'indifferenza di Milena, pur non essendogli state richieste spiegazioni, con un tono di voce appena percepibile e quasi annoiato, come se stesse leggendo un atto notarile, Valerio le rivelò che quelle persone appartenevano a un suo "gruppo di lavoro" per tenere sotto controllo una situazione politica complicata. Già all'indomani dell'8 settembre, Ante Pavelić, il capo degli ustascia croati, aveva dichiarato decaduti gli accordi con l'Italia, proclamando dalla radio di Zagabria l'annessione dei territori della Dalmazia, dell'Istria, di Fiume. A Zara c'era una divisione del 18° corpo d'armata, comandata dal generale Viale, che si rifiutava di trattare sia con gli ustascia, sia con gli uomini di Tito. «Tu sai» le disse cambiando completamente il tono di voce, adesso carico d'apprensione, «Zara è la capitale morale della Dalmazia: qui sono arrivati gli italiani di Spalato, Ragusa, Sebenico, delle cento e cento isole dalmate, costretti ad andarsene dalle loro terre dopo il trattato di Rapallo. La nostra città è diventata la roccaforte e il simbolo dell'italianità.»

«E tu ne sei difensore e paladino...»

Valerio non lasciò che Milena terminasse la frase per evitare il suo sarcasmo, per quanto fosse già fin troppo evidente. «Io faccio poco o niente. Mi metto a disposizione» le rispose. «Ti capisco; non dovevo portarti qui: troppi ricordi. Ho sbagliato tutto, vero?»

Milena non gli rispose; s'avviò verso l'uscita del Diadora e avrebbe desiderato che Valerio non la seguisse, che si fermasse lì, nel suo circolo. Non aveva bisogno di lui, e un po' di solitudine l'avrebbe aiutata a riordinare le idee e finalmente ad affrontarlo, preparandosi alle sue richieste. Che la sua non fosse una gita di piacere lo sapeva fin troppo bene, ma tutto quel tergiversare, quelle insinuazioni, la continua confusione tra i ricordi e la realtà, la stavano disorientando. Anche i pochi momenti di tenerezza che il marito aveva per lei, continuamente alternati ad atteggiamenti severi, aspri, la sconcertavano, creandole un'insopportabile ansia.

Valerio la raggiunse; per ritornare in città presero di nuovo il vaporetto, che lasciò l'approdo di Barcagno costeggiando la riva dove si alza imponente l'edificio della fabbrica Luxardo del maraschino.

Quando il battello si diresse verso il largo del canale di Zara, l'azzurro del mare cominciò a incresparsi, spezzandosi, tagliato dalla bianca schiuma delle onde. La prua del vaporetto affondava tra i flutti e risaliva sollevando schizzi d'acqua che turbinavano intorno ai passeggeri rimasti fuori dalla cabina. Con un fazzoletto annodato attorno alla testa, Milena per un po' era riuscita a proteggersi da un vento fresco che lasciava sulle sue labbra il sapore della salsedine. S'accorse che all'interno, verso poppa, c'era qualche posto libero e andò a sedersi lì, senza dire niente a Valerio, come se fosse rimasta sola.

Il vetro del finestrino dilatava come una lente la luce del sole che pareva sorgere dal mare, abbagliando il suo volto. Valerio, invece di mettersi accanto a lei, si sedette di fronte, osservandola a lungo, senza parlare, come se quel chiarore intenso gli svelasse un'immagine nota, che non aveva, però, mai conosciuto veramente.

«Ti sono venute piccole rughe intorno agli occhi» le disse avvicinandosi.

«Le vedi dappertutto: prima sulla fronte, adesso vicino agli occhi... Invecchio, me lo hai già detto.»

«No, ti donano.»

Milena abbassò lo sguardo, forse arrossì. Quella luce tanto intensa confondeva anche chi la osservava, aiutandola a celare le sue emozioni. Il vaporetto entrò in un cono d'ombra e quegli indecifrabili segni di tenerezza e commozione si dispersero.

«È sempre la prima volta. Apri gli occhi al mondo e hai davanti a te questo mare, fin da quando, piccoli, si sale sulle barche dei genitori o ci si rincorre per le rive. Se ti fermi a osservarlo, è come se fosse sempre la prima volta. T'incanta con la magia dei suoi colori... Torneresti a vivere qui?» le chiese Valerio.

Milena che pareva sovrappensiero, si girò di scatto verso di lui: «Cosa vuoi da me! Non me lo hai ancora detto» gli rispose con voce sostenuta.

«Ti sembra così strano tornare a vivere insieme?»

«Mi prendi in giro, non ne hai nessuna voglia. Vuoi solo farmi male... continuare a farmi male.»

«Non ci sei riuscita. Una ciocca è ancora rimasta libera» le disse, guardandola mentre s'affannava a raccogliersi i capelli. «Come puoi fare l'amore con quello?» le domandò poi con rabbia.

Milena lo guardò impaurita da quello scatto d'ira: «Non t'importa niente di me». Passò la mano sul vetro del finestrino per togliere il velo d'umidità che lo appannava. Fissava il mare, sembrava che volesse liberare parole che le si ghiacciavano tra le labbra. Scosse la testa, si girò verso Valerio, lo guardò senza dirgli nulla.

«Parli di me a Renata?» le chiese.

«Insisti: è questo il problema. Cosa vuoi che le racconti, come ci hai trattate?»

«Se morissi adesso, si ricorderebbe di me? Troppo piccola, vero?»

«Crescerà. Sarai tu a dirle chi sei. Ti giudicherà. Per lei è una fortuna avere vicino Carlo. È affettuoso, la protegge... ci protegge dopo anni disastrosi. Carlo sarebbe stato disposto a venire lui qui, al posto mio. Aveva intuito che mi avresti creato altri problemi.»

«Il tuo rispetto, la vostra pace? Quanto vale il mio silenzio, la mia lontananza per non insospettire qualche giudice sulla vostra relazione illegale?»

«Sei volgare. Non vuoi ammettere che ci voglia bene, che ti abbia sostituito.»

«Sono pratico. Chiamo le cose con il loro nome. Il tuo Carlo sarebbe arrivato con il libretto degli assegni per farmi l'elemosina. Per darmi quanto?»

«Non prendertela con lui, ma con te stesso: tu hai buttato per aria la tua famiglia. Sa Dio quanto ti ho amato, quanto ti sono stata fedele anche quando mi tradivi con la prima che passava o con la tua musica o con la politica. Al momento giusto spiegherai tutto tu a Renata. Lasciala crescere in santa pace.»

«Non sarà così» ribatté gelido.

«Cosa vuoi dire? Non ne avrai il coraggio? Anche con lei bugie?»

«Lui cosa dice?»

«Lui chi?»

«Lui, lui, Carlo.» Il tono di voce di Valerio era così alterato da attirare l'attenzione dei passeggeri che occupavano la cabina del vaporetto.

«Te l'ho già spiegato: ci diciamo tutto...»

«E non ti ha chiesto perché venivi qui?»

«Non lo so ancora neppure io» gli rispose seccata.

«Però sarebbe venuto lui al posto tuo, magari anche con un avvocato.»

«Adesso capisco: vuoi portarmi via Renata. Sei un farabutto, non azzardarti a togliermi Renata!»

«Cosa dice il vostro avvocato?» le chiese con freddezza, come se stesse valutando la tattica da usare con lei. «Ho parlato anch'io con il mio.»

«E allora ti avrà spiegato che non hai nessuna possibilità di avere Renata. Hai bisogno di soldi? Ti daremo dei soldi. In realtà ci stai girando intorno, ma è questo che vuoi.»

«Tu sei ancora mia moglie... mettitelo bene in testa... Renata è mia figlia» le disse Valerio quasi gridando, incurante della curiosità delle persone che viaggiavano accanto a loro. «I soldi? Mi farebbero comodo: teneteveli. Mia figlia a me, e tu con lui.»

«E tu provaci.»

10

Il vaporetto stava raggiungendo il punto di partenza, apprestandosi a terminare la sua corsa lungo il canale di Zara. Il vento, in alcuni punti fastidioso per l'incrocio di correnti d'aria che provenivano contemporaneamente dalla terraferma e dal mare, consigliava ai passeggeri di non sostare all'aperto. La cabina si era così riempita di gente, e quella piccola folla che lentamente si riversava all'interno del vaporetto per recarsi nel centro di Zara, aveva imposto una tregua alle loro discussioni.

Milena aveva preso dalla borsa una sciarpa di seta rossa per sostituire il piccolo fazzoletto annodato sul capo, l'aveva avvolto intorno all'esile collo, fissandolo sulla testa, e così protetta era uscita dalla cabina, portandosi a prua. Chiudeva gli occhi, lasciando che il vento le accarezzasse il viso, turbinasse intorno ai capelli, cercando di liberarli dal nodo che li teneva raccolti. Si affidava al vento che, di tanto in tanto, dopo averle accarezzato il volto, la schiaffeggiava per ridestarla dai ricordi in cui stava smarrendosi. Tanto tempo prima, Valerio aveva preso tra le mani il suo viso e lo aveva stretto al petto quando, sulla loro piccola barca a vela, il vento, come ora, giocava con i suoi lunghi capelli neri, scompigliandoli davanti agli occhi, impedendole di vedere. «Ti salvo io» le aveva detto sorreggendola mentre perdeva l'equilibrio per l'ondeggiare della barca.

Si scostò dalla fronte i capelli, guardò Valerio rimasto all'interno della cabina. Dopo la penosa scenata, se ne stava seduto, quasi rannicchiato, come se si stesse proteggendo da un'aggressione. Lo vide fragile, diverso da un tempo, quando le appariva perfino fastidiosamente spavaldo. Valerio non era riuscito a salvarla, come aveva promesso. Non aveva salvato il loro amore e, forse, neppure se stesso.

I passeggeri, con ordine, in fila uno dietro l'altro, cominciarono a scendere dal vaporetto attraccato al pontile di Zara. Davanti a Valerio, una donna spingeva la carrozzina parlando con un'amica. Distratta dalle chiacchiere, incastrò la ruota nello spazio vuoto tra il battello e l'imbarcadero. Per liberarla da quella morsa, prese a tirarla a destra e a sinistra, inutilmente. Il bambino nella carrozzina urlava, la gente intorno non interveniva, più che altro indispettita da quell'inconveniente che bloccava il regolare flusso della discesa.

Con forza, allora Valerio sollevò la carrozzina e la posò sulla riva, dove c'era un uomo, probabilmente il papà, che si chinò sul bambino, lo scosse con dolcezza, cercando di tranquillizzarlo. Insieme alla donna s'incamminò per via Roma, verso il cuore della città, spingendo la carrozzina e agitando un sonaglietto davanti al viso del piccolo per distrarlo e farlo smettere di piangere.

«Tu non ti sei mai sognato di fare così» osservò Milena, guardando quella coppia.

«Li ho aiutati a scendere, cosa avrei dovuto fare?»

«No, no a spingere la carrozzina, a destreggiarti con il sonaglietto del bambino.»

«Qualche volta sarà capitato.»
«Mai» gli rispose senza incertezze Milena.
«Avrei dovuto farlo? Uno dei miei tanti errori con te?»
Milena lo guardò e non gli rispose. Accennò soltanto un sorriso. Senza invidia, osservava quella famigliola allontanarsi dalla riva. In fondo, pensando alla sua vita, avrebbe potuto desiderarne una come la loro. Lui, grassoccio, un'aria rassicurante; ogni tanto avvicinava la sua faccia a quella del bambino e con un bel sorriso gli agitava il sonaglietto davanti agli occhi, raggiante appena lo vide smettere di piangere. La donna non partecipava a quella scenetta, pareva annoiata, molto più attratta dai discorsi della sua amica, lasciava che il marito si preoccupasse del figlio. No, non avrebbe mai voluto che Valerio spingesse la carrozzina con un giochino in mano: se fosse mai capitato, forse glielo avrebbe addirittura impedito. Un padre deve mostrare sempre l'autorevolezza del padre: perché dovrebbe sostituirsi o confondersi con la madre? Valerio non aveva mai sostituito o confuso il suo ruolo di padre, pur essendo sempre stato molto premuroso e pieno d'amore per Renata. E Milena aveva ammirato il suo modo d'essere padre e insieme sofferto perché avrebbe voluto che dedicasse più tempo alla famiglia, una contraddizione che il suo cuore non era riuscito a risolvere: detestava Valerio per il dolore che le aveva fatto patire e lo amava – sì, qualcosa che sicuramente s'avvicinava all'amore – per il suo sentimento di libertà, d'indipendenza. Non si era separato da lei, dalla moglie, per finire tra le braccia dell'amante; era corso tra le braccia della sua musica e della sua terra dalmata.
«No, non avresti dovuto farlo» gli rispose Milena, prendendolo per mano. «La carrozzina la spingevo io, era giusto così. E adesso dove ti devo seguire? Sai che non ne posso più?»

«Non è da te!»

«Cosa non è da me?» gli chiese Milena, liberandosi dalla sua mano, insospettita.

«Non mi hai mai seguito da nessuna parte... Sempre di testa tua.»

«Hai capito benissimo. Dove andiamo? Dimmi quello che hai da dirmi e poi me ne vado. Sono venuta qui come volevi...»

«Non avresti voluto?»

«No. Sarei rimasta volentieri a Venezia.»

«Volentieri.»

«Certo, con Carlo e mia figlia» replicò alterata.

«Semmai, nostra figlia» disse Valerio, alzando le spalle con indifferenza, come per farle capire che stava affermando la verità più ovvia.

«Sì, e allora? Vuoi trovare un accordo?» gli domandò Milena con un tono di sfida, guardandolo negli occhi.

«Non ce ne sarà bisogno.»

«Finiscila con queste tue insinuazioni. Vuoi spaventarmi? Non è giusto, non ne hai il diritto.»

Nel frattempo si erano incamminati verso il parco Regina Elena, tagliando per l'interno della città. All'incrocio delle calli che portano alla Riva Nuova vennero investiti da un'improvvisa folata di vento. Milena si fermò per qualche istante, abbassando la testa per proteggersi e sistemando alla meglio la sciarpa rossa che le fasciava il viso. «Non sei più abituata al vento di Zara» le disse Valerio nel momento in cui si appoggiò a lui per non perdere l'equilibrio, sostenendosi con il braccio intorno alla sua vita. La prese per mano, mentre lei, ferma, ancora con la testa china, era incerta se proseguire.

«Siamo arrivati.»

«Dove?» gli chiese Milena, che si era lasciata guidare continuando a tenere la testa abbassata.

«Nella nostra casa» le rispose sorridendo.

In fondo a calle Carriera si apre il campiello San Simeone, chiuso da belle costruzioni settecentesche. Milena e Valerio, fianco a fianco immobili, di fronte a una di quelle case, silenziosi, sembravano contemplare il proprio passato.

«Ricordi la finestra?» le chiese Valerio senza distogliere lo sguardo dalla casa.

«Sì, quella in centro, più a destra.»

«È successo tutto qui. Ci siamo amati, è nata Renata, ci siamo odiati, separati...»

«Per questo, solo a vederla, mi mette tristezza... anzi, è un incubo.»

«Non dire sciocchezze.»

Milena voltò le spalle alla casa per guardare in faccia Valerio. «Se non ci fossi stata io, saresti diventato un grande concertista.» La voce le tremava un po' e gli occhi erano lucidi.

«Perché tanta generosità?» le chiese. «Ti sei emozionata di fronte alla nostra vecchia casa?»

Milena continuava a osservare Valerio e la loro vecchia casa, senza nascondere le lacrime.

«Ma no, no... Non ho combinato niente d'importante neppure dopo la separazione.» Le passò un braccio intorno alla vita stringendola a sé. «Su, basta, cos'è tutto questo sentimentalismo... Poco fa mi hai gettato addosso tutto il tuo disprezzo... Proviamo a entrare.»

«Non dire sciocchezze: chissà chi ci abita. Non fare tu il sentimentale: abbiamo cose ben più importanti da dirci che rievocare il passato.»

11

Milena non amava quella casa, e le sue lacrime non erano provocate dalla nostalgia. Quando il suo rapporto con Valerio era entrato in crisi, aveva incominciato a sentirsi assediata, dentro a quell'appartamento, dai parenti del marito. Le zie, che lo avevano cresciuto quando era rimasto orfano dei genitori, erano le più apprensive. La soluzione della crisi, a parere della numerosa famiglia di Valerio che non aveva alcun ritegno nell'ossessionare Milena con i suoi consigli, era un nuovo bambino. L'armonia si sarebbe ritrovata mettendo al mondo un altro figlio. Lei era assolutamente contraria: non ammetteva che si potesse pensare a un futuro migliore senza difendere il presente. Il presente era lei con Renata e Valerio, l'idea di fare l'amore con il marito per mettere al mondo un altro figlio, che avrebbe dovuto salvare il loro matrimonio, la trovava grottesca e, in un certo senso, crudele. Era arrivata a un tal punto d'esasperazione, da immaginare che i suoi famigliari si fossero divisi i compiti per capire come andasse la sua intesa sessuale con Valerio e come influire sul loro erotismo.

Mille ripensamenti e infinite speranze avevano suggerito a Milena di attendere, di non arrivare a conclusioni affrettate. Alla fine dell'estate aveva preso la decisione irrevocabile di abbandonare Valerio e tornare a Venezia con Renata. Sua madre le poteva lasciare una stanza, e lei, per guadagnare qualcosa, si sarebbe messa a fare delle traduzioni dall'inglese e dal francese per una società di trasporti amica di famiglia. Comunque, sapeva bene che il sostegno della madre e i soldi erano importanti, ma non sarebbero bastati a darle una reale autonomia. Aveva bisogno di un uomo che l'aiutasse a trovare la strada per incamminarsi verso una nuova vita: da sola avrebbe continuato a pensare al passato, incapace d'immaginarsi un'esistenza diversa da quella che fino ad allora aveva condotto.

Valerio stava suonando il campanello della porta di casa: si era messo in testa di salire per rivedere il loro appartamento, che aveva lasciato dopo la separazione per trasferirsi in Calle Larga con tutti i mobili, perché – diceva – quello che si trova nella propria abitazione corrisponde al proprio immaginario. Poteva separarsi dalla moglie, ma non dal suo immaginario.

Una donna, affacciata alla finestra, infastidita dall'insistenza con cui le veniva chiesto di aprire, cominciò a imprecare perché Valerio se ne andasse, ma lui, per nulla intimorito, cercò di intenerirla raccontando della sua luna di miele trascorsa con la moglie proprio in quella casa, inventandosi storie un po' allegre e un po' tristi, mettendo insieme fatti veri e cose mai accadute. Alla fine riuscì a incantare quell'anziana signora che lo ascoltava, appoggiata al balcone, come se stesse assistendo a una recita dal palco di un teatro. Valerio continuava a raccontare, divertito in quel ruolo di attore da strada. Un deciso «Devo tornare in cucina», accompagnato dal rumore di una finestra che si chiudeva, interruppe quella scenetta, facendo calare il sipario, lasciando Valerio senza la sua unica spettatrice.

«Anche senza salire, ti ricorderai ancora la stanza da letto che si affacciava qui sul campo.» Si era rivolto a Milena, rimasta qualche passo lontana da lui.

«Una bella storia» gli disse, «con quale altra donna l'avresti potuta vivere?»

«La donna, che ci avrebbe affittato la casa, girava per farci vedere l'appartamento, e tu mi avevi subito mostrato che dietro alla porta che conduceva in sala da pranzo c'era la stanza con un grande letto. "Andiamo a fare l'amore" mi dicevi, "non perdiamo tempo, affittiamola e andiamo subito a fare l'amore." Ti ricordi? Me lo sto inventando?»

«È stato bello» gli rispose Milena sottovoce. «Siamo riusciti a rovinare tutto, ma nessuno ha fatto l'amore come noi.»

Valerio era ritornato sotto il balcone della casa, stava per suonare nuovamente il campanello, si era fermato, indeciso. Lo colse una collera improvvisa, e quasi gridando in faccia a Milena: «Vorrei proprio sapere come puoi fare l'amore con quello lì!».

«Di nuovo? Smettila con queste domande! Cosa vuoi che ti risponda? Stiamo bene insieme. Te l'ho già detto, e se vuoi te lo ripeto mille volte.»

«Scusami, continuo a sbagliare. Vedrai che si sistemerà tutto, basta aspettare.» L'irritazione di un attimo prima era sparita. Il tono della voce era dimesso, il suo atteggiamento sconsolato.

«Ancora? Vuoi prendermi in giro, continuare a farmi del male con questa recita insopportabile. Hai già preparato il tuo piano per rovinarci, vero?»

«Quando ti ho vista a Venezia eri molto elegante. Anche Renata aveva un vestitino bianco che le stava a meraviglia. Avrei voluto prenderla in braccio, riempirla di baci... stavo per farlo, siete sparite tra la gente... meglio così.»

Milena aveva preso sottobraccio Valerio per allontanarsi, insieme, dalla loro casa. Mentre camminava, guardando le grandi pietre rettangolari e grigie di trachite che fanno da pavimento alle calli di Zara, identiche a quelle di Venezia, gli disse, anche lei ora senza animosità, come se stesse parlando tra sé: «Non credere, non devi immaginare che la nostra sia una grande vita. Tutto è molto semplice, talvolta banale. Dopo tante tensioni, difficoltà di ogni genere... adesso va bene così. Forse non sono neanche felice. Tu vuoi bene a Renata e anche a me, lo so. Allora aiutaci, lasciaci stare... almeno per un po' di tempo... poi, come dici tu, si sistemerà tutto». Appoggiò la sua testa sulla spalla di Valerio: «Come posso fare l'amore con Carlo? Tu vuoi sapere qualcos'altro: non ho mai amato nessuno come te».

Le parole di Milena non ebbero l'effetto che desiderava: irritarono Valerio che si sentì umiliato dalla lucidità con cui lei, con poche frasi, gli aveva mostrato il fallimento della loro storia e l'impossibilità di riavvolgere il nastro del tempo per ritrovare un nuovo inizio. Inveì contro di lei, le urlò di andarsene, di prendere la prima motonave per Venezia. Milena non reagiva, aveva sollevato lo sguardo e lo fissava negli occhi con fierezza perché l'ira, l'aggressività verbale con cui Valerio l'aveva investita le stavano garantendo un netto vantaggio in quel confronto in cui non si distingueva più la loro vita passata da quella presente. Con energia scosse quel braccio che solo qualche minuto prima aveva avvicinato a sé con affetto. A quel punto, non se ne sarebbe ritornata a Venezia per non dargli nessun pretesto, per non mostrarsi impaurita di fronte alle decisioni che lui avrebbe potuto prendere contro di lei: «Mi hai voluta qui, e sono arrivata. Ancora non so perché, anche se ormai mi ci vuole poco per capirlo».

«Ne sono sicuro: lo capisci con l'aiuto del tuo libretto d'assegni.»

«No, con l'aiuto del rispetto che ho ricevuto in questi anni da Carlo. Vuoi che ti ricordi, che ti ripeta le condizioni in cui ci avevi lasciate? Sicurezza, attenzione, affetto: questo è l'aiuto. Il rispetto, non i soldi sono importanti per noi.»

«Ti odio, anch'io ti odio» le disse Valerio senza guardarla negli occhi.

«Mi odi? E cosa ti avrei fatto per farmi odiare? Perché non sei sincero con te stesso? Calmati. Invidi la serenità che io e Renata siamo riuscite ad avere e che tu non ci hai dato. E che non ci toglierai. Non provarci.»

Il vento si alzò con maggior intensità, quasi volesse spazzar via la crudeltà dei ricordi e gli inutili sogni di un altro tempo che si confrontavano con la durezza di una realtà senza speranze. Fragile, Milena, con la sua pretesa di capire quello che vogliono gli uomini; fragile, Valerio, nella sua angoscia ossessiva per non essere riuscito a custodire le cose più belle e importanti della sua vita: Milena e Renata. Un'incontenibile nostalgia non per ciò che non c'era più, ma per quello che avrebbe potuto esserci.

I sentimenti di odio e di amore s'aggrovigliavano nella loro anima senza un attimo di quiete: illusorio credere di poterli arginare con la ragione, i sentimenti s'impongono sul buon senso e sull'intelligenza semplicemente perché esistono. Milena e Valerio sembravano ormai rassegnati a quei conflitti e alle continue sollecitazioni dei loro sentimenti. Bastava poco, e cambiava la luce nei loro occhi, in un'incessante alternanza di emozioni, dall'attesa di una gioia, al dolore, alla paura.

Milena s'allontanò, incamminandosi verso Porta Terraferma. Dopo qualche passo si voltò per attendere Valerio: «Ti porto io, adesso, in un posto» gli disse.

«Tu, me?»

«C'è ancora la trattoria Oltremare?»

12

Era un locale molto frequentato da giovani, studenti degli ultimi anni di scuola, affacciato sul canale di Zara. Non era propriamente una trattoria, ma un bar con una grande vetrinetta che occupava metà del bancone dove erano esposti piatti con seppioline alla griglia, gamberetti, sarde fritte, calamari... Venezia ha dato il nome anche a quei piatti: si chiamano "cicchetti" e si mangiano prima del pranzo tradizionale, bevendo un bicchiere di vino bianco. Il locale, non a caso, apparteneva a un veneziano e rappresentava un curioso contrasto che rispecchiava con precisione la storia di Zara. L'interno era una copia perfetta di un Wienercafé austroungarico dall'aria austera e dalla luce opaca, che si diffondeva da un grande lampadario di ferro fino a raggiungere debolmente un pavimento di legno scuro. La vetrinetta coi pesci fritti era, invece, illuminata a festa: per renderla il più allegra possibile, come il vociare dei clienti, per nulla sommesso e influenzato dall'atmosfera severa del Wienercafé, un filo di lampadine colorate (come quelle che si mettono intorno all'albero di Natale) s'accendeva e si spegneva ritmicamente, formando una parola scritta in bianco, rosso e verde: "Italia".

Valerio prese posto mentre Milena andò al banco per

scegliere i piattini di pesce. In silenzio, solo qualche cenno d'approvazione per quello che stavano mangiando, attratti da due giovani a un tavolo accanto al loro, che discutevano, loro sì, senza alzare la voce. Si guardavano ed erano del tutto disinteressati a quello che avevano nel piatto. Tutte le volte che la ragazza abbassava gli occhi, scuoteva la testa in segno di disapprovazione: allora lui le prendeva la mano e l'accarezzava. Lei si sentiva rassicurata, tornava a guardarlo, sorrideva.

«Si può sempre ricominciare, anche quando si crede che non ci sia più tempo» disse Milena.

«Sarebbe bello se fosse così, ma non è così. Comunque, loro sia amano già, moltissimo.»

«Come fai a dirlo?»

«I loro sguardi che escludono tutti gli altri. Gli sguardi degli innamorati alzano una barriera che lascia fuori chiunque stia intorno e non consente di far entrare nessuno in quel mondo. Solo agli innamorati basta lo sguardo per isolarsi da tutto, per rimanere soli e uniti. Fai caso, invece, alla stragrande maggioranza della gente: gli sguardi di due persone che non si amano vagano di qua e di là, si fermano su qualcuno, su qualcosa, e più o meno consapevolmente cercano l'avventura. S'incrociano con altri sguardi estranei, e si esalta così la vanità in un piccolo gioco di ammiccamenti, di falsi sorrisi, di curiosità simulate. Contagiosi i sorrisi di quei due giovani, vero?» disse Valerio, vedendo Milena incantata a osservare quei ragazzi, e per niente interessata alle sue parole.

«Non so se ho continuato ad amarti» disse lei senza distogliere gli occhi dalla coppia.

«Se vuoi te lo dico io.»

«Cosa?»

«Che hai sempre continuato ad amarmi.»

«Allora avevi ragione: mi hai chiamata per fare l'amore. Non sperarci» gli disse, smettendo finalmente di osservare i due giovani.

«Non spero più niente.»

«Prima aggressivo, poi drammatico, adesso rassegnato: non cambi. Difficile starti vicino.»

«Ci sono persone con le quali è molto difficile vivere, ma impossibile lasciare. Sai chi lo ha scritto?» le chiese.

«Flaubert, naturalmente.»

«No, Thomas Mann, *Doctor Faustus*.»

Valerio lasciò il tavolo di fronte a un mare ormai avvolto dalle ombre della sera, dove solo un raggio di luce abbagliava ancora lo specchio dell'acqua. Milena notò che anche questa volta c'era un uomo che lo stava aspettando vicino alla porta della trattoria. Approfittò per truccarsi gli occhi e mettere un po' di rossetto sulle labbra: una piccola vanità che non aveva voluto esibire al suo arrivo da Venezia. Adesso, guardandosi nello specchietto che aveva preso dalla borsa, si riordinava i capelli: con un gesto improvviso, in apparenza senza neppure pensarci, tolse le tre forcine che li tenevano raccolti e, scuotendo un po' la testa, lasciò che le cadessero sulle spalle, sciolti, come li portava un tempo. Il volto così incorniciato dai suoi lunghi capelli neri, metteva in risalto gli occhi di quel colore magico, indefinibile, tra il verde e l'azzurro, e sottolineava le labbra, appena sfiorate dal colore rosso, perfette nell'ovale del viso. Si guardava allo specchio e rivedeva l'immagine di un altro tempo, riconosceva la sua seduzione a cui aveva voluto rinunciare quando se n'era andata da Zara, pensando che i capelli lunghi, il trucco avessero qualcosa di frivolo, poco coerente con la nuova vita che intendeva fare a Venezia.

«Ancora la politica?» gli chiese non appena Valerio ritornò da lei.

«No, la morte.»

Milena scoppiò in una risata. «La morte, adesso, non ci mancava che questa.»

«Non c'è niente di comico» ribatté Valerio, sorpreso da quella reazione.

«Hai ragione, ma l'hai detto in un modo, come se la morte fosse un antidoto alla politica.»

«Ai politici... non ci avevo pensato. È morto un amico e stiamo preparando una festa.»

«Una festa? Perché è morto? Ma a voi, qui a Zara, il vento vi ha fatto volar via il cervello» disse lei ancora ridendo.

«Un funerale, va bene?» le rispose, serio, Valerio. «Si svolgerà nella chiesa di San Francesco, che, come sai, è vicina al Teatro Verdi. Ci dev'essere una musica per pianoforte e per organo, e la sto preparando io... la suono io, ma stiamo discutendo per stabilire bene i tempi... se all'ingresso, all'uscita del feretro... Ti fa ancora ridere?»

Milena rimase in silenzio finendo di mangiare i suoi gamberetti con la maionese. Valerio pensò che fosse il caso di cambiare argomento: «"Adesso mi divorerei un bel piatto di gamberetti con la maionese." Ti ricordi? Mi dicevi così dopo aver fatto l'amore. "Gli altri fumano quando finisce la passione, io mi mangerei un piatto di gamberetti." Ti ricordi?».

«No, non mi ricordo» gli rispose con freddezza Milena.

«E va bene. Però ti sei truccata, ti sei sciolta i capelli come una volta...»

«Perché adesso ti lascio per andare da Maria. Non è il caso che mi mostri trascurata: penserebbe che sono infelice.»

«Se bastasse il trucco agli occhi e il rossetto alle labbra per sembrare felici...» le disse Valerio.

«Sì, può far sembrare.»

«Maria chi? Mia sorella?» le chiese come se avesse sentito pronunciare il nome solo in quel momento.

Cambiò subito umore; per interminabili minuti si chiuse in un impenetrabile silenzio. Milena avrebbe voluto lasciarlo lì, stanca di dover assecondare gli sbalzi del suo carattere instabile, sempre illusa di poterlo aiutare anche con la sua semplice presenza.

«Maria è la donna più fedele alla sua città che io conosca: sempre rimasta a Zara, nessuno è mai riuscito a smuoverla.» Fu la prima frase che le venne in mente per provare a rasserenarlo.

«È così. Non si è mai mossa» le rispose, aspettando di avere delle spiegazioni.

Maria aveva quasi quindici anni più di Valerio e lo aveva cresciuto quando erano venuti a mancare i loro genitori. Donna molto riservata, severa, affezionata al fratello, che si era assunta il dovere di educare, far studiare, come un vero obbligo morale, amministrando con attenzione la modesta eredità lasciata dal padre. Ma tra loro non c'era confidenza: Valerio, piuttosto, ne aveva soggezione, e più diventava adulto ed economicamente autosufficiente, tanto più allentava i rapporti con lei, fino a frequentarla rarissime volte dopo la separazione da Milena. Maria aveva disapprovato quella decisione e aveva cercato di impedirla, prima dando consigli pieni di saggezza al fratello, poi arrivando ai rimproveri e ai giudizi più drastici. Se lo riteneva senza alcun dubbio colpevole della sua crisi famigliare, lei, tuttavia, si sentiva responsabile del comportamento di Valerio, avendolo educato: questo il motivo per cui, nelle poche occasioni che avevano d'incontrarsi, qualunque pretesto, anche il più futile, li portava a litigare.

«Non mi avevi detto che saresti andata da Maria! Cosa ti salta in mente!» sbottò Valerio.

«Te l'ho detto: vado a casa sua. Mi sono truccata per andare da lei, per non apparire trascurata. L'avevo avvisata che sarei arrivata oggi a Zara, si è mostrata molto premurosa, informandosi degli orari della motonave, del tipo di biglietto da comperare, del tempo che fa qui, e considerando che sarebbe stato difficile oltre che faticoso arrivare e ripartire in giornata, mi ha chiesto di fermarmi da lei... anzi, ha preteso che dormissi a casa sua per ripartire il giorno dopo. Vado da lei e torno a Venezia domani.»

Sorpreso, Valerio guardò Milena come se si fosse accorto della sua presenza in quell'istante. «La tua borsa così grande. Non è da te. Adesso capisco. Avrai portato qualcosa di pesante da mettere. Alla sera rinfresca, forse dovresti coprirti un po' di più. Non me l'aspettavo.»

«Che tua sorella mi ospitasse?»

«Hai ragione: non ci pensavo. Potevi rimanere da me.»

«Piuttosto su una panchina.»

Diffidente e sospettoso per avere soltanto sentito pronunciare il nome della sorella, per qualche impercettibile congiuntura a Valerio era passato il cattivo umore. Impercettibile agli altri, non a Milena, che, se non riusciva a immaginarsi cosa gli passasse di preciso per la testa, tuttavia era in grado di cogliere con esattezza le variazioni del suo stato d'animo da come si modificavano i lineamenti del suo viso.

«Se vuoi ti accompagno io da Maria. Forse non ti ricordi la strada» le disse.

«Non l'ho dimenticata. Posso andarci da sola.»

«Grazie.»

Milena era intenta a prendere il golf senza far cadere le cose che aveva nella borsa; lo guardò, scosse la testa: «Perché grazie? Perché ti risparmio di fare la strada?».

«Per essere venuta qui e non ripartire subito.»

Si diedero appuntamento per la mattina seguente, alla stessa trattoria Oltremare.

A questo punto del diario di Valerio si trova inserita una ventina di fogli grandi, a quadretti, piegati in due per poter stare dentro al quaderno. Sono anch'essi fotocopiati e, sembrerebbe, con la stessa macchina con cui sono state riprodotte le altre pagine. Ma la calligrafia è diversa. Come si comprenderà, si tratta di annotazioni di Milena sul suo incontro con Maria, che trascrivo con gli stessi criteri usati finora per far conoscere ai lettori il diario di Valerio. Sono pagine strappate da un quaderno a spirale: è probabile che anche Milena tenesse un diario e che qualcuno, forse lei stessa o chi conosceva bene sia lei che Valerio, abbia deciso, una volta venuto in possesso dei diari di entrambi, di mettere quei fogli nel quaderno di Valerio così da conservare insieme e con più completezza i ricordi di quelle giornate.

13

Milena aveva dovuto attraversare ancora una volta la città e, sola, senza quell'inerzia con cui seguiva Valerio, si sentiva adesso invasa dai ricordi a ogni angolo di Zara. Invece di prendere la strada più breve per andare a casa di Maria, s'incamminò, un po' a caso, per calli e campielli, rettificando ogni volta la sua meta. Si accorgeva di desiderare il dolore che le provocavano i ricordi, non voleva evitarlo e liberarsene, si sentiva frustata dalla memoria che le metteva davanti agli occhi un mondo di sofferenza a cui non riusciva rinunciare. Per quelle strade ritrovava i particolari della sua vita insieme a Valerio, ma le sfuggiva quello che inconsciamente stava inseguendo: il senso della sua vita insieme a Valerio. Perché lo aveva amato così tanto, perché si era separata da lui in modo così irrevocabile? Davvero aveva potuto prevalere ciò che li aveva divisi?

Provò a difendersi, camminando per qualche minuto a testa bassa, osservando le sue scarpe che procedevano come se non avessero una guida. Si trovò di fronte al mare, scuro, segnato appena da qualche riflesso strappato alla luna. Perse l'orientamento, gli occhi vagarono nel buio, e i ricordi invece di annullarsi insieme ai dettagli del luogo, che il suo sguardo non era in grado di afferrare nella notte, s'affollarono disordinati nella mente, angosciandola sempre più mentre si avvicinava a quel mare senza vita.

In un punto lontano s'accorse che una luce cercava di attraversare la notte per venire verso di lei, per non lasciarla sola e aiutarla a riordinare i pensieri. Sentì sul viso la stessa carezza che Valerio le diede quando, in una calda giornata d'estate sulla loro barca nel mare di Zara, gli disse di aspettare un bambino. Un incanto, uno vicino all'altro i loro corpi bagnati, il sole che asciugava lentamente la pelle lasciando leggere ombre bianche di sale. Incerta, temendo che la notizia avrebbe potuto alterare il magico equilibrio del loro amore, Milena attese tutta la mattina, e ancora la sera, prima di parlare a Valerio. Una carezza, soltanto una carezza sul suo viso, fu sufficiente per dirle tutta la sua felicità.

Si lasciò il mare alle spalle e riprese a inoltrarsi per le calli di Zara che l'avvolgevano come un gomitolo. Ora camminava per la strada più breve che portava alla casa di Maria, come se, adesso, gli angoli della città fossero diventati soltanto luoghi senza ricordi, come se quella luce verde vista sul mare nella notte fosse riuscita a chiarire le contraddizioni che non aveva mai voluto affrontare apertamente. Avrebbe potuto superarle accettando un compromesso, però, sempre rifiutato, quello tra il suo rigore morale e la passione per Valerio, tra la determinazione con cui aveva lasciato il marito e l'amore per lui che continuava ad affiorare. Le era sempre sembrato un compromesso improponibile, ma ora le appariva come una possibilità, forse l'unica, per non crollare sotto il peso delle sue decisioni.

Si aggrovigliava tra le sue incertezze il gomitolo di calli e campielli nell'attraversata della città. Senza accorgersene, fu di fronte al portone della casa di Maria, e la difficoltà di individuare il campanello giusto da suonare diede una tregua ai suoi pensieri.

Ci si ritrova dopo anni, e le parole preparate per la circostanza, un po' sincere e un po' per cortesia, all'improvviso si dileguano. Non le parole, ma gli sguardi – rapidi, lunghi, imbarazzati – cercano la relazione, trovano il legame migliore per dare un senso all'incontro. Il silenzioso sorriso di Maria placò l'emozione di Milena: fu l'odore dell'umidità salmastra che sembrava incollato alle pareti e ai mobili a non farla credere un'estranea. Si sentiva ancora nella casa in cui aveva passato i giorni più belli appena sposata, in attesa che fosse pronto l'appartamento in cui sarebbe andata a vivere con Valerio, in campiello San Simeone. Maria era di fronte a lei, pronta ad abbracciarla, ma Milena sembrava chiederle ancora un attimo per guardarsi intorno e capire cosa avesse perduto. Tutto era rimasto al suo posto, quasi un aiuto perché non si affaticasse a ricordare, anche se il suo animo, per non essere colto di sorpresa, era pronto alla sfida col passato.

Fu felice quando Maria, avvisata del suo arrivo, le propose di passare la notte da lei, immaginando che le avrebbe fatto bene ascoltare da una persona affettuosa le inevitabili rievocazioni di una storia in cui lei, con Valerio, era stata la protagonista. Voleva sapere di lui, inutile fingere: il vero compromesso con se stessa era non mentire al suo desiderio di conoscere ciò che più non sapeva della vita di Valerio.

S'accorse subito, però, che c'era qualcosa di nuovo, proprio lì, all'ingresso. Uno specchio ovale e al di sotto un tavolino molto elegante in legno di radica, su cui c'era una grande quantità di fotografie, alcune incorniciate, altre appoggiate alla meglio contro il muro, altre ancora fissate al vetro dello specchio. Molte erano semplicemente messe una sull'altra, in un mucchietto, quasi fossero a disposizione della curiosità di chi entrava in casa. Milena gettò un'occhiata alla foto che la ritraeva accanto a qualcuno di cui non aveva memoria. Non le pareva possibile doversi arrendere al tempo che le annebbiava i ricordi. Era giovane, molto bella – pensava –, così diversa – le pareva – dalla propria immagine che poco prima aveva guardato allo specchio per truccarsi. Perse ancora qualche istante a osservare quella distesa di fotografie che insieme ai mobili e all'odore della casa catturavano la sua attenzione molto più del sorriso con cui Maria la stava accogliendo.

«Dopo un po' ho capito che metterle qui all'ingresso è il modo migliore per ricevere i miei amici» le disse la cognata mentre l'abbracciava, vedendola sorpresa da tutte quelle fotografie. «Quando vengono a trovarmi, rivedono cose, luoghi, persone che hanno avuto un significato importante per la mia vita... forse, io, sono sempre un po' troppo dappertutto... Ascolto qualche commento, qualche esclamazione, e non c'è bisogno di tante premesse per incominciare a parlare.»

C'era poco di vero in quello che diceva: in realtà era un espediente che le avevano suggerito il passare del tempo e la solitudine. Era rimasta senza parenti, aveva ancora Valerio che poco la frequentava. Non aveva figli, non si era mai sposata, aveva un unico grande amore: la scuola e l'associazione che assisteva i bambini orfani, a cui dedicava le energie che le rimanevano dopo l'insegnamento. Non se ne andò mai via da Zara, morì sotto le macerie della sua scuola elementare quando venne bombardata. Proprio di domenica, in tarda mattinata, si era recata là per riordinare il registro di classe e correggere i compiti dei suoi bambini: proprio quella domenica del 28 novembre 1943 Maria se ne andò con la sua scuola.

Quando il matrimonio fra Milena e Valerio era entrato in crisi, lei era stata la sola tra i parenti a proteggerla dai pettegolezzi che circolavano per la città, a prendere le sue parti quando tutti la ritenevano responsabile della rottura con il marito. Aveva usato la sua esperienza di maestra per spiegare con semplicità quanto fosse stupida l'idea che un nuovo bambino avrebbe rinsaldato il loro legame. Voleva bene a Milena e aveva sempre mille attenzioni per Renata, che considerava come una figlia. La vera occasione in cui Milena si era guadagnata l'infinita gratitudine della sorella di Valerio, fu quando la cognata finì in coma dopo un brutto incidente. Nei momenti più critici non lasciò mai l'ospedale, si prodigò allo stremo per curarla durante la degenza: ma ciò che Maria apprezzò sopra ogni cosa fu la disponibilità di Milena ad ascoltare il suo racconto una volta uscita dal coma, senza mai far trasparire noia o incredulità. Durante il suo stato d'incoscienza, sosteneva di aver ricevuto il dono di una visione straordinaria: «Ero dentro a un tunnel» diceva, «ma in fondo ci vedevo una luce meravigliosa: la bellezza del paradiso da cui si è attirati come da una forza irresistibile. Io cercavo di parlarvi, di comunicare a tutti quelli che stavano intorno al mio letto d'ospedale la grande bellezza che mi avvolgeva, ma nessuno mi ascoltava, mentre io sentivo tutto perché non era vero che fossi incosciente, capivo bene anche le parole di quei due medici che mi guardavano con una lampadina dentro l'occhio, dell'infermiera che mi attaccava le spine sul petto: dicevano che sarei morta presto e invece ero vivissima anche se volevo restare ancora un po' nella bellezza di quel paradiso».

Maria raccontava a tutti questa storia, facendola diventare, di volta in volta, sempre più lunga e noiosa. Inevitabile che dopo poco avesse fatto il vuoto intorno a sé. Milena, invece, le stava vicino, l'ascoltava con pazienza, si mostrava perfino curiosa di conoscere qualche dettaglio in più di quel racconto. Ma soprattutto Milena le aveva salvato il posto nella scuola, quando il direttore, dopo aver constatato le precarie condizioni di salute di Maria, aveva chiesto una perizia medica. Il referto non era stato incoraggiante, e le autorità scolastiche avrebbero anche potuto prendere una decisione drastica, mandandola in pensione: per lei sarebbe stato un vero dramma. Fu in quella circostanza che Milena, con la risolutezza del suo carattere, andò a parlare a tutte le persone influenti di Zara per convincerle che la cognata poteva continuare il suo lavoro, organizzò incontri e una grande assemblea di mamme insieme ai bambini che frequentavano la classe di Maria per far sapere a tutta la città quanto fosse brava e amatissima da genitori e studenti.

Le poche informazioni su Valerio le riceveva da lei attraverso interminabili lettere in cui si dilungava su particolari della vita di Zara e, solo alla fine, accennava a qualche notizia di nessun interesse su suo marito. Col passare del tempo le lettere erano diminuite ma erano aumentate le pagine, di cui arrivava alla fine sempre con molta noia. Ormai era sempre più indifferente a ciò che le scriveva Maria, ma era felice quando nella cassetta della posta vedeva una sua lettera: era il piacere di conservare un indefinibile legame con la propria storia e una testimonianza dell'affetto che la cognata continuava ad avere per lei. L'aveva avvisata del suo viaggio a Zara e non si nascondeva di aver sperato nella sua ospitalità che avrebbe accolto come un'occasione per confrontarsi con lei e cercare di capire il vero motivo della richiesta di Valerio di farla venire da Venezia. Si aspettava di ricevere un consiglio sul modo di comportarsi che, a maggior ragione, desiderava ricevere proprio adesso che il marito era rimasto in una vaghezza tale da lasciarla piena di ansie, sospetti, paure.

Pochi convenevoli e un perentorio «intanto mettiamoci a tavola e poi con calma ci raccontiamo tutto» avevano definito il programma della serata. Innanzitutto la puntuale certezza del pranzo e della cena: questo era un principio indiscutibile della loro tradizione famigliare quando arrivavano gli ospiti. Milena ebbe appena il tempo di andare in bagno che subito fu presa sottobraccio da Maria per essere condotta in sala da pranzo: riuscì a fermarsi ancora una volta qualche istante di fronte al mobiletto pieno di fotografie e a prenderne una per osservare bene da vicino la cognata sorridente accanto a un giovane in divisa militare.

«È il tuo fidanzato, vero?» le chiese Milena. Le parve un modo per attaccare discorso e rompere il ghiaccio: non che avesse sentito freddezza nel modo in cui era stata accolta, anzi, le era sembrato che Maria si rivolgesse a lei come se dall'ultima volta in cui si erano incontrate fosse passato solo qualche giorno. Da un lato questo comportamento la rasserenava, dall'altro la disorientava, e le rendeva difficile, di conseguenza, capire come regolarsi.

«Neanche per sogno» le rispose ridendo, «è una foto di qualche anno fa.»

«Allora uno tra i tuoi fidanzati: mi sembra un gran bell'uomo.»

«Ma cosa ti salta in mente!»

«Ti deciderai a sposarti, prima o poi? A vedere tutte queste foto, hai solo l'imbarazzo della scelta.»

«Mai.»

«Mai! Cosa vuol dire?»

«Non mi lego a nessuno. Sì, a Zara, alla scuola e alla nostra associazione. Mi pare abbastanza. Poi con tutto quello che sta succedendo...»

«Cosa succede?»
«Ah, sapessi!»
«Sapere cosa?»
«È meglio che tu ne rimanga fuori.»
«Non capisco» le rispose Milena, senza nascondere la sua preoccupazione.
«Lo so, non puoi capire: abiti a Venezia, lì si starà anche bene, ma qui è tutto diverso.»
Milena aveva ottenuto l'effetto opposto: immaginava che qualche scambio di parole scontate e insignificanti fosse un modo per creare maggiore intimità, e invece quelle allusioni espresse con aria misteriosa aumentarono la sua insicurezza. Perché, cosa accadeva, cosa poteva succederle? Forse Maria si riferiva a una situazione politica generale e non a questioni che la riguardassero direttamente o coinvolgessero la sua famiglia. In ogni caso, non le pareva che la vita a Zara fosse molto diversa da quella che si svolgeva a Venezia: analoghe incertezze, analoghe paure e sospetti nel corso di una guerra che non era ancora entrata dentro la città.
Dopo l'8 settembre non si erano vissuti sconvolgimenti tali da costringere le persone a cambiare le proprie abitudini quotidiane, naturalmente adattate agli anni di guerra, che alla fine fanno accettare come normalità la crudeltà e la barbarie. Venezia era lontana dai fronti militari: si ricevevano notizie spietate, ma le consuetudini della vita cittadina conservavano ancora un po' di civiltà. Zara era come Venezia, la stessa atmosfera, anche le stesse novità: camminando in lungo e in largo con Valerio per la città aveva notato molte divise tedesche, ma non aveva avuto la sensazione che i soldati stessero costringendo la gente a significativi cambiamenti di vita. Certo, l'aveva inquietata l'incontro di Valerio con quei croati così odiosi, ma le spiegazioni che poi aveva ricevuto le erano sembrate tranquilliz-

zanti. Allora cosa stava accadendo di tanto diverso da ciò che ormai credeva di aver capito? La questione della difesa delle terre dell'Adriatico Orientale dal pericolo di annientamento della civiltà italiana distingueva davvero l'impegno della popolazione di Zara rispetto a quella di Venezia: Milena ne era assolutamente convinta, ma riteneva che la ricerca di una soluzione politica fosse determinante rispetto alle azioni militari che ormai da anni drammaticamente si susseguivano fuori dai confini della città. Non le pareva di sbagliare interpretando tutte quelle ansie di Maria come esagerazioni di una donna che non aveva mai messo il naso oltre le mura della città, al punto che soltanto un piccolo particolare fuori posto poteva sembrarle l'annuncio di un dramma.

«Intanto vieni, mettiamoci a tavola, poi con calma parliamo di tutto» la invitò ancora una volta la cognata, mentre entravano in sala da pranzo.

Milena si arrestò sulla porta, sorpresa dall'ordine: tutto come una cartolina del passato che continuava a essere spedita e ricevuta. Si sentiva a un tempo oppressa e rassicurata. La mastodontica credenza di mogano sormontata da una vetrina che custodisce il servizio buono di piatti, bicchieri, tazzine; in basso, nel primo cassetto, dimenticato un poco aperto, scorgeva le posate d'argento con l'impugnatura di avorio e, probabilmente, in quello più grande dovevano essere conservate le tovaglie impreziosite dai merletti. Al centro della stanza, il tavolo rotondo apparecchiato nel modo più accurato: non potevano mancare la tovaglia con il pizzo ricamato a Burano, i piatti della ceramica Geminiano Cozzi, i bicchieri di Venini, forse solo le posate non appartenevano all'alto artigianato del lusso veneziano.

Milena era commossa e intenerita dalle attenzioni che le stava dedicando Maria: per di più era arrivata a casa sua a mani vuote, colpa di Valerio che l'aveva frastornata, facendole completamente dimenticare di comperare un regalo per la cognata. Dalla cucina Maria era tornata portando una zuppiera, e prima ancora di posarla, aveva cominciato a decantare il brodo di gallina con i "subioti", che proprio per lei era andata a prendere a Ceraria, al pastificio San Giorgese.

«Se ricordo bene, ti piacevano» le disse, versandole nel piatto la minestra e continuando a raccontarle un po' di tutto, da quello che facevano gli amici che aveva frequentato quando abitava ancora a Zara, ad aneddoti sui suoi colleghi di scuola, sui bambini della sua classe e su quelli dell'associazione in aiuto agli orfani. Milena ascoltava, cercando di mostrare un interesse assolutamente inesistente, stupita dal fatto che la cognata non le chiedesse perché fosse venuta a Zara.

Su un piatto ovale arrivò il galletto arrosto, accompagnato dalle solite chiacchiere su tutto e su niente. «E non abbiamo finito qui» disse Maria, prendendo dalla vetrina due bicchierini di vetro spesso e di colore ambrato e una bottiglia col tappo di cristallo intarsiato. «Qui c'è il rosolio, e questa è la torta. Credo che tu sia rimasta una golosa. La millefoglie, la nostra: ti ricordi quante volte nei giorni di festa l'abbiamo mangiata tutti insieme?»

«È quella della pasticceria Battara, in Calle Larga?» le chiese Milena, incominciando ad assaggiarla.

«Sempre quella. Qui le tradizioni si rispettano.»

14

L'affetto con cui Maria l'aveva accolta, gli infiniti riguardi che le aveva riservato, perfino le chiacchiere insignificanti durante la cena avevano rasserenato Milena. La giornata trascorsa con Valerio era stata difficile, tante emozioni, troppi ricordi che sembravano dimenticati, l'avevano turbata. Almeno ora, con Maria, ritrovava un po' di equilibrio e la serenità del loro incontro la ripagava della fatica del viaggio.

«Valerio mi ha chiesto Renata» le disse Milena, interrompendola mentre le stava raccontando di un suo bambino bravissimo a recitare le poesie. Maria la osservò con indifferenza. Come per verificare se avesse capito bene, Milena si mise a sillabare: «Valerio mi ha chiesto Renata».

Dopo qualche momento d'incertezza, Maria le rispose: «Mi sembra naturale, vuole sapere come sta».

«No, la vuole qui con lui. Me la vuole portare via.» La voce decisa non tradiva alcuna emozione.

Maria rimase in silenzio, questa volta sorpresa dalle sue parole. «Ma come te l'ha chiesto? Cosa ti ha detto esattamente?»

«Esattamente niente. Però mi ci è voluto poco per capire che mi ha chiamata qui per dirmi che vuole Renata.»

«E tu?»

«E io sono disperata» le rispose Milena, perdendo la sua ostentata sicurezza e incominciando a piangere. «Sai bene che non sono nella posizione migliore per oppormi alla sua richiesta. Intendo dal punto di vista della legge.»

«Cosa pensi di fare?» le chiese Maria, prendendole una mano, cercando di mostrarle tutta la sua comprensione.

«Non lo so. Di sicuro non gli lascerò mai Renata. Farò di tutto...»

«Forse vorrà Renata, ma anche te. Prova a pensarci: come fa a tenere la bambina da solo? Valerio non può credere che sarò io ad aiutarlo.»

«Di sicuro ha in mente qualcosa. È anche venuto a Venezia senza che lo sapessi. Da lui c'è da aspettarsi di tutto. Lo conosci.»

«Sì, lo conosco. E questa cosa mi pare strana.»

«Strana? Vuole farmi male, vendicarsi, non ammette che io sia felice con un altro uomo.»

«Non voleva che tu andassi via: questo è sicuro. Per un po' si era confidato con me. Io ero dalla tua parte, lo sai; lo rimproveravo perché si faceva troppo i fatti suoi, e cercavo di fargli capire che tu non potevi fare la vita che pretendeva lui. Avete due caratterini... che te li raccomando. Però anche tu – diciamocelo pure tanto qui non ci ascolta nessuno – se avessi avuto un po' di pazienza... Sono convinta che ti ama ancora... Ecco, ecco, adesso ho capito: lui vuole Renata perché ti ama, non vuole che tu stia a Venezia e vorrebbe ricominciare daccapo.»

«Non è così. Gli ho visto tanta cattiveria... sì, anche un po' di affetto, però...»

«Tu, invece? Perché sei corsa qui appena ti ha chiamato?»

«Perché sono una stupida.»

«Perché lo ami» le rispose Maria senza un attimo di esitazione.

La luna mandava una bella luce dentro la sala da pranzo. Milena andò verso la finestra che dava sul parco Regina Elena, disorientata dalle parole della cognata. Il suo viaggio a Zara stava diventando una resa dei conti con il suo passato, con gli errori che aveva commesso, con le incomprensioni per cui non aveva alcuna giustificazione. D'altra parte, cosa si sarebbe dovuta aspettare? Non poteva mentire a se stessa, ma non capiva, sinceramente, in che modo si stesse ingannando. Le parole così elementari di Maria erano disarmanti: aveva sbagliato ad andarsene via da Valerio, da Zara, sarebbe dovuta rimanere, pazientare...

Maria, come gli altri, conosceva solo mezze verità, quelle più semplici, quelle che si potevano far sapere, come le prolungate assenze di Valerio, la sua scarsa attenzione per la famiglia che metteva all'ultimo posto dei suoi interessi. La vera pena di Milena era stata, invece, un doloroso, prolungato rifiuto sessuale per il marito, convinta che nel periodo successivo alla nascita di Renata, lui avesse una storia torbida con un'altra donna, tutta basata su un'intensa, ambigua relazione sessuale. Credeva anche di sapere chi fosse: una persona di scarsissima cultura, provocante, molto sensuale. A poco a poco, col tempo, Milena si era esasperata, non riuscendo a capire fino in fondo quale fosse la verità di quel rapporto che Valerio negava in modo per nulla convincente, e troppi erano gli indizi che quanto lui dicesse fosse del tutto falso. Era diventata aggressiva, e lui sempre più prepotente: questo non si poteva raccontare ai parenti e agli amici che si preoccupavano di loro e li consigliavano – senza sapere come stavano realmente le cose – di mettere al mondo un altro figlio.

Milena non avrà ingannato i suoi sentimenti arrivando a Zara e sarà rimasta anche coerente con le decisioni prese tempo addietro, tuttavia non riusciva ad ammettere che avrebbe ancora desiderato conoscere finalmente da Valerio la verità su quella storia sofferta come le pene dell'inferno. Valerio non le aveva detto nulla, neppure un cenno e non poteva essere diversamente; ma era stato chiarissimo sulla decisione di riavere Renata. Come avrebbe potuto badare a lei? Maria aveva ragione, da solo non ce l'avrebbe fatta: allora voleva entrambe, lei e la figlia? Un quadretto famigliare che non la convinceva, e comunque lei non sarebbe mai riuscita a ritornare insieme al marito in quella perenne incertezza, con una vita sessuale in frantumi, con il ricordo di ore litigiose piene di aggressività e rancore.

Dalla finestra osservava il vialetto del parco coperto da sassolini bianchi che luccicavano un poco alla luce dei lampioni in gara con quella della luna. In fondo, ancora si poteva scorgere un piccolo slargo con l'altalena e lo scivolo dove un tempo portava a giocare sua figlia.

Doveva accettare? Avrebbe dovuto pazientare, attendere? Non era la prima volta che si era posta questa domanda; non erano state le parole di Maria o quel vialetto pieno di teneri ricordi, che s'inoltrava nella notte, a farla riflettere sulle decisioni prese qualche anno addietro. Prima di conoscere Valerio s'era innamorata di un suo compagno d'università, a Venezia: una bella storia semplice fatta di sguardi, di qualche bacio furtivo, molte promesse e lunghe passeggiate mano nella mano per le Zattere, costeggiando il canale della Giudecca. Poi era accaduto qualcosa, uno sgarbo, una parola volgare: Milena si era sentita umiliata, piangendo era corsa dalla mamma per essere consolata e, forse, ricevere anche un incoraggiamento che le suggerisse di riprendere la storia con il suo giovane amore. Sua madre era stata invece inflessibile: «Milena, ricordati che da un uomo devi pretendere innanzitutto rispetto».

Rispetto. Così aveva lasciato il suo compagno d'università, e aveva lasciato suo marito, prima uno e poi l'altro, con molto dolore. Davvero doveva pentirsene? Certo, adesso le difficoltà erano enormi: se non sapeva come Valerio avrebbe potuto prendersi cura di Renata, era comunque sicura che la volesse punire per le sue decisioni, usando la figlia.

Maria era accanto a lei, l'abbracciò, cercò di consolarla, rivendicando un ruolo, quello di sorella, che ancora non aveva fatto valere: sosteneva con enfasi di conoscere Valerio come le sue tasche, e quindi riteneva che la cosa più ovvia fosse accompagnare l'indomani Milena all'incontro con il marito. Non aveva dubbi, era assolutamente fiduciosa: sarebbe riuscita a far vincere l'amore sul rancore e sulle scelte che avevano portato alla separazione. Mai Valerio avrebbe potuto vivere da solo con la bambina: la sua pretesa di volerla con sé nascondeva il rimpianto di non poter più vivere insieme a Milena. Maria non si sbagliava. Troppo orgoglioso, Valerio, per esprimere con chiarezza e semplicità un desiderio d'amore e di riconciliazione. Lei doveva fare un passo indietro, con umiltà, per andargli incontro e non insistere nelle sue recriminazioni.

Con l'intenzione di migliorare il suo stato d'animo, in realtà Maria lo peggiorò: come se Milena non fosse già abbastanza turbata, la portò per mano di fronte al suo altarino fotografico, indicandole, una per una, le immagini che raccontavano la loro storia. Poi, con altrettanto disarmante candore, le mostrò un grande album dove conservava le locandine e le pagine di giornale che recensivano i concerti di Valerio, soffermandosi su quelli a cui anche loro avevano partecipato.

Tante emozioni non produssero il risultato sperato da Maria: in silenzio, con le lacrime agli occhi, Milena, persa nei suoi pensieri, non aveva nessuna voglia di ragionare con lei sul modo di affrontare Valerio la mattina seguente. Maria, allora, provò a suonare un altro tasto per arginare la commozione della cognata e costringerla a riflettere con lucidità sul da farsi. Cambiò atteggiamento, con decisione la distolse dal suo altarino fotografico e con aria da cospiratrice le disse di seguirla in uno stanzino dietro alla cucina.

«Devi tornare con Valerio» le disse con fermezza. «Non solo per tutto l'affetto che c'è tra voi, per la bambina, ma anche perché lui è svagato, sempre con la testa fra le nuvole. Non viene più a trovarmi perché sa che lo sgrido e, siccome riconosce che ho ragione, non vuole sentirsele dire e se ne sta sulle sue, non si fa vedere. E invece due settimane fa arriva qui, ricordo benissimo: giovedì alle tre di pomeriggio, perché mi stavo preparando per andare a una riunione della scuola.»

Come se si fosse dimenticata il motivo per cui aveva portato Milena in quello stanzino, incominciò a dirle quanto fosse importante quell'incontro scolastico pomeridiano che prevedeva l'organizzazione di una manifestazione per il centro della città, a cui avrebbe partecipato un gran numero di persone. Al solito, prendendo il discorso da molto lontano, le raccontò un paio di episodi accaduti a Zara che erano stati tenuti nascosti, e che invece molte associazioni, tra cui la sua, volevano che venissero conosciuti da tutti gli abitanti della città. Si dilungava con un continuo richiamo all'amore per la sua terra, all'occupazione tedesca, al pericolo slavo. Milena conosceva quali sentimenti ispirassero le parole di Maria, ma forse per la stanchezza del viaggio, le emozioni patite, le frasi ripetute, fu presa da una sonnolenza così forte da far fatica a restare in piedi. S'accasciò esausta su una sedia con gli occhi che le si chiudevano.

Maria s'accorse che ancora una volta le stava sfuggendo di mano la situazione, aprì rumorosamente un cassetto, prese una pistola e la porse alla cognata con due mani unite, quasi fosse una reliquia. Milena si ridestò dal torpore ma non rimase sorpresa: «Siamo in guerra, non mi sembra così strano» le disse, ricordando le parole con cui Valerio le aveva fatto capire che di tante situazioni, in apparenza strane o incomprensibili, c'era poco da stupirsi per colpa degli eventi che si stavano vivendo.

«Non sarebbe strano se la pistola la tenesse in casa sua. Qui, invece, è chiaro che la vuole nascondere.» Vedendo che Milena non si scomponeva, continuò cercando di sottolineare la particolarità della situazione: «Come puoi non stupirti? Non si fa mai vedere e arriva qui con una pistola. E poi mi dà questa busta». Frugò ancora nel cassetto e le mostrò un plico stracolmo che doveva contenere dei documenti: «Dal peso non dovrebbero esserci soltanto fogli di carta» le disse, consegnandoglielo. «Non so cosa ci sia dentro, forse dovremmo aprirlo».

Milena scosse la testa e glielo restituì dopo avergli dato una rapida occhiata.

«Aprilo... naturalmente per il suo bene. Sai che Valerio è bravissimo a cacciarsi nei guai, ma di questi tempi i guai possono essere pericolosi» precisò Maria. Vedendo che Milena continuava a non darle soddisfazione, ripose tutto nel cassetto, assicurandosi di averlo chiuso bene.

«Credi che stia correndo dei pericoli, vero?» chiese a Maria, senza più nascondere il suo disinteresse.

«Come tutti quelli che amano la nostra terra» le rispose con orgoglio.

In quel momento, il suono del campanello di casa fece sobbalzare Maria. A quell'ora era convinta di non aspettare nessuno. Diffidente, andò ad aprire e si trovò di fronte un giovane sorridente, alto, molto magro, i capelli chiari come gli occhi, che la salutava con cortesia. Si ricordò dell'appuntamento.

Milena, invece di andare nella camera da letto preparata per lei, si fermò a guardarlo, colpita dalla finezza di quel giovane. Non che fosse vestito bene, anzi: i suoi abiti erano semplicissimi e ordinari, ma il tono di voce, lo sguardo, le mani affusolate che con gesti aggraziati accompagnavano le sue parole esibivano una naturale eleganza. Era venuto a ritirare degli indumenti che Maria aveva messo da parte per i bambini dell'associazione, ma poiché lei si era dimenticata di fare il pacco da consegnargli, con mille scuse corse trafelata nella sua stanza per prepararlo. Milena pensò di dovere intrattenere, nel frattempo, il giovane che le si era presentato con molta cortesia. Era uno studente di filosofia dell'università di Padova, le disse, e approfittando del fatto che non erano ancora iniziate le lezioni, era rimasto a Zara per aiutare Maria.

Incuriosita da quel ragazzo, quasi fosse lei la padrona di casa, lo invitò a sedersi in salotto, gli offrì un bicchierino di rosolio che lui rifiutò con cortesia.

«Perché iscriversi a filosofia?» gli chiese.

Non si era trattato di una scelta per passione ma per esclusione. Non era ricco di famiglia, il padre era un impiegato alle Poste e faceva non pochi sacrifici per mantenerlo agli studi: la sua coscienza gli imponeva di iscriversi a una facoltà che gli garantisse, una volta laureato, un buon lavoro per aiutare i suoi. Ma se questo era chiaramente l'obiettivo di Edmondo, non altrettanto chiaro era il cammino per raggiungerlo, perché, senza ingannare se stesso, si accorgeva che nessuno tra i corsi di studio universitari, che almeno in teoria gli avrebbero assicurato un impiego, lo avrebbe affrontato con il necessario interesse per superare gli esami. Edmondo ci teneva a precisare che gli piaceva studiare, ma non era attratto da nessun lavoro in particolare. Angosciato dalla decisione, consapevole che la sua coscienza non gli avrebbe permesso di perdere tempo passando da una facoltà all'altra, incominciò a interrogarsi su quale lavoro avrebbe fatto meno malvolentieri. Troppo timido come insegnante; le discipline scientifiche lo avrebbero portato in un tunnel esistenziale poiché detestava, o meglio diffidava, tutto ciò che era legato al progresso tecnico e scientifico; giurisprudenza l'aveva scartata perché, se già si sentiva timido come insegnante, come avvocato non avrebbe neppure avuto il coraggio di entrare in un'aula di tribunale, e non poteva minimamente pensare di diventare magistrato e passare la propria vita mandando in prigione la gente. Poteva fare il medico perché, amando il prossimo, si sarebbe sentito utile nel curare le persone, ma la sola idea della malattia lo faceva desistere dallo studio di medicina: il bisturi per tagliare il corpo, il sangue, il dolore... non sarebbe mai riuscito a guardare in faccia la morte.

La filosofia non gli creava illusioni sul lavoro futuro: non l'avrebbe mai insegnata, fare il filosofo non sapeva cosa significasse e, comunque, gli pareva una cosa ridicola «essere filosofo», quindi dopo la laurea sarebbe stato libero di trovarsi un qualsiasi impiego. Un pensiero che lo rasserenava e lo invogliava a studiare volentieri, pur senza nessuna passione. «Ma è proprio vero quello che si dice» affermò Edmondo con una certa solennità, mentre Milena lo ascoltava sempre più incuriosita dalla persona, «il diavolo fa le pentole ma non i coperchi.»

Frequentava le lezioni di filosofia antica, uno dei primi esami da sostenere per arrivare alla laurea; il professore era noioso e lui prendeva appunti svogliatamente. Ma la sua attenzione incominciò a essere attirata da una parola che il docente continuava a ripetere con insistenza da più di un mese: "essenziale".

Cosa c'era di essenziale nella sua vita, iniziò a chiedersi Edmondo: niente. Tutto gli pareva aleatorio, mutevole, incostante... inessenziale. Non andò più a lezione da quel professore: la sola idea di sentir pronunciare la parola "essenziale", lo angosciava. Gli era ormai chiaro che la sua mancanza di passioni vere, le indecisioni sul futuro, soprattutto la sua incapacità di amare profondamente una donna (aveva avuto due storie finite entrambe nell'indifferenza) dipendevano dal fatto che non trovava niente di essenziale nella propria vita. Ma capiva anche la ragione della sua insoddisfazione e mancanza di passioni: se prima ne era probabilmente inconsapevole, ora aveva la certezza che stava andando in cerca dell'essenziale nell'inessenziale.

Un giorno di primavera, mentre a Padova attraversava Prato della Valle per andare all'università, il cielo si oscurò, e un improvviso temporale scaricò sulla città una pioggia violenta. Edmondo andò a ripararsi lì vicino, nella chiesa di Santa Sofia. Si sedette negli ultimi banchi e non riuscì a distogliere per lunghi minuti lo sguardo dal crocefisso, in fondo alla navata centrale. Non credeva in Dio, ma in quello spazio sacro dove era seduto, dove guardava, respirava, c'era Dio. Tutto intorno a sé era inessenziale, solo Dio era l'essenziale non dovendo apparire nelle forme inessenziali della vita.

In quel giorno di primavera, Edmondo capì la sua vera passione: Dio. Entro breve, per rendere felici i genitori, si sarebbe laureato in filosofia antica con una tesi sul concetto di essenza nel *Fedro* di Platone, e poi sarebbe entrato in seminario per rendere finalmente felice se stesso.

Qualche giorno prima della fine della guerra, fu trovato morto annegato, con le mani e i piedi mozzati. Il suo corpo galleggiava tra gli scogli di Barcagno. Foibe azzurre, per distinguerle dalle fenditure carsiche, erano chiamati quegli scogli nel mare intorno a Zara dove fu ammazzato Edmondo.

Le pagine – sicuramente scritte da Milena – finiscono qui. L'ultimo foglio, di quelli aggiunti nel quaderno, si piega e riprende il diario di Valerio. Al primo capoverso, a nascondere una parola, è incollato un quadrifoglio. Questa parte però racconta avvenimenti che precedono l'arrivo di Milena a Zara il 9 ottobre 1943. Si tratta infatti di un fascicolo di una quarantina di pagine collocate dopo quelle che riferiscono dell'incontro di Milena con Valerio e di Milena con Maria: quindi ci parlano di fatti antecedenti a quei due incontri. Non ci si può sbagliare perché i fogli sono tutti numerati, e io ho seguito l'ordine. Posso anticipare che l'ultima parte del diario torna a riferire di Valerio e Milena, dove li avevamo lasciati, e delle vicende in seguito accadute.

15

Dai primi mesi del 1942, Valerio si era trovato ad avere sempre meno occasioni di lavoro, e le poche che gli venivano offerte le valutava senza entusiasmo, rifiutandole il più delle volte. D'altra parte la guerra non è il tempo migliore per l'arte. I concerti importanti a cui era invitato a partecipare erano pochissimi e la programmazione del Teatro Verdi era ridotta allo stretto necessario per non far perdere il lavoro agli orchestrali. Valerio se la cavava dando lezioni private ai giovani della buona borghesia zaratina, ma anche quelli si contavano sulla punta delle dita, nonostante egli fosse molto stimato in città, non solo come concertista ma anche come insegnante. Inevitabile che il poco lavoro e il tanto tempo a disposizione lo avessero precipitato in un'opaca indifferenza, al punto che l'indifferenza era diventata il suo sentimento dominante in quel momento della vita. Tuttavia non aveva rinunciato a studiare e a lavorare segretamente a una propria partitura e non aveva smesso di dare agli amici la propria disponibilità per le iniziative politiche, pur convinto che non portassero a niente di concreto: tanta buona volontà e nulla di più. Soprattutto si sentiva solo: con la separazione, Milena se n'era andata a Venezia portando con sé la figlia; parenti a cui confessare le proprie ansie non ne aveva (la sorella Maria peggiorava il suo stato d'animo le poche volte in cui l'incontrava); la maggior parte dei suoi amici era al fronte, e quel mondo di seduzione che circonda il musicista di talento, su cui Valerio senza false modestie aveva sempre contato per stringere relazioni sia pure occasionali, si era ridotto al lumicino, annichilito dalla guerra.

In quei giorni, ad aiutare Raissa, la donna che sbrigava le faccende domestiche in casa sua, veniva regolarmente una ragazza: una nipote, così era stata presentata da lei. Valerio aveva chiarito che non avrebbe potuto aumentarle lo stipendio, ma se quanto le dava fosse andato ancora bene, non aveva obiezioni che la ragazza le desse una mano. Si trattava di una situazione provvisoria, gli aveva spiegato Raissa, un'emergenza, una sostituzione temporanea perché lei doveva sottoporsi a un piccolo intervento chirurgico. Sylva l'avrebbe accompagnata al lavoro fino al suo ricovero in ospedale, così avrebbe imparato i mestieri di casa.

Silenziosa, discreta, quasi non si avvertiva la sua presenza, anche perché Valerio, cercando di contenere malinconia e depressione, le ore che trascorreva in casa erano poche. Quando rientrava, trovava ogni angolo ben pulito e ogni cosa in perfetto ordine: non sapeva neppure se Raissa continuasse a venire da lui o avesse lasciato da sola la ragazza. Le aveva sempre affidato le chiavi dell'appartamento, non la controllava, si fidava di lei.

Un mattino s'accorse di Sylva. Era uscito di casa e subito rientrato per prendere dei documenti che aveva dimenticato. Qualcuno in sala, credendosi solo, stava suonando il pianoforte: una canzone popolare croata, semplice, ma eseguita bene, senza sbagliare una nota, con le giuste pause. Appena Sylva scorse l'ombra di

Valerio dietro di sé, smise di suonare e, rossa in viso, non finiva di scusarsi, promettendo che non avrebbe mai più osato soltanto aprire il pianoforte, pregandolo di non dire niente alla zia quando sarebbe tornata a lavorare.

Era graziosa, un corpo slanciato ma poco proporzionato che il grembiule da lavoro non nascondeva, lasciando intravvedere qualcosa di grossolano, perfino volgare: forse era il seno troppo sviluppato rispetto alla vita molto stretta, che metteva in risalto le dimensioni dei fianchi. Valerio aveva subito notato, quando ancora erano posate sulla tastiera, le mani eleganti, affusolate, ma dalla pelle arrossata e screpolata: evidente che trascorreva più tempo a lavare panni e a strofinare pavimenti che a suonare il piano. Le braccia erano forti, muscolose: quando Sylva si tirava su le maniche per essere libera nel lavoro, non era prevedibile che terminassero con mani così delicate.

Non aveva più di diciotto anni. Bionda, con i capelli lunghi che raccoglieva solo quando faceva i mestieri di casa, aveva la pelle molto chiara, e gli occhi neri, intensi, creavano un affascinante contrasto sul suo viso. Nei suoi lineamenti si poteva anche osservare un che di aristocratico, subito però smentito dalla sproporzione del corpo, dal modo sciatto di camminare e dalla trasandatezza nel vestire: comunicava una indiscutibile dolcezza e, insieme, una quasi ostentata severità. Uno squilibrio insolito, che catturava la fantasia di Valerio, forse perché un artista, un musicista in particolare, ha in genere grande sensibilità nel riconoscere i contrasti, trasformandoli in una propria visione estetica da cui prende vita la sua opera.

A Valerio piaceva osservare quella ragazza, cogliere le evidenti disarmonie del suo corpo, che inspiegabilmente si ricomponevano in un ordine avvincente, molto originale. Prima di sfuggita, per non farle notare il suo interesse, poi sempre più indifferente al giudizio che lei si sarebbe potuta fare accorgendosi delle sue attenzioni, non perdeva occasione per fermarsi a guardarla mentre lavorava. A Sylva non c'era voluto molto per intuire l'interesse che suscitava nel suo padrone di casa, così, all'improvviso, quando credeva che un suo gesto, un suo modo di atteggiarsi catturassero particolarmente la curiosità di Valerio, il suo volto s'illuminava, come in preda a una strana allegria. Lui la guardava, notava quell'immediato cambiamento nel suo stato d'animo e coglieva ancora una volta il contrasto fra una sua immagine austera e una gioiosa, quasi capricciosa. Una ragazza tanto umile ma con grandi sogni che le attraversavano la vita, desideri impossibili che abitavano in qualche suo universo fantastico.

Valerio trascorreva sempre più tempo in casa, vedeva sempre meno persone, si accorgeva che Sylva stava diventando il suo unico legame reale con il mondo. Era arrivato a immaginare che soltanto lei fosse in grado di liberarlo da quel senso d'indifferenza e di isolamento che s'era impadronito della sua mente: avrebbe voluto dirglielo, ma con quali parole? Anche se le avesse trovate, lei probabilmente non avrebbe capito, e se invece le avesse comprese per qualche misterioso motivo, lui si sarebbe davvero sentito patetico.

Poi incominciò a infastidirlo l'idea che non solo l'organizzazione della giornata, ma perfino il suo umore dipendessero dalla presenza di Sylva: un condizionamento mentale di cui voleva liberarsi, senza tuttavia perdere il piacere della sua presenza. Viveva, senza un vero motivo, una lenta e progressiva perdita di autonomia: quando ci rifletteva, non trovava nessuna giustificazione. Così, per correre ai ripari, aveva deciso di scambiare con lei solo qualche breve parola di circostanza, proibendole perfino di suonare il pianoforte con il pretesto che rischiava di scordarlo con il tocco pesante delle sue dita. Eppure Sylva non gli aveva mai chiesto il permesso di suonare, né era più accaduto che lui la sorprendesse al pianoforte.

Un giorno, per caso, trovandosela all'improvviso di fronte mentre spolverava un mobile, la urtò sfiorandole il seno. Sbrigativo, le chiese scusa, ma invece di ritornare nel suo studio, andò a sedersi in poltrona a leggere il giornale, in realtà per guardarla lavorare. Sylva si muoveva con discrezione, calcolava bene ogni suo gesto per non fare rumore e disturbare Valerio. Avrebbe preferito andare in cucina o in un'altra stanza per lasciarlo lì da solo, ma doveva seguire il preciso programma giornaliero per le pulizie della casa che le aveva dato in consegna la zia Raissa. Continuò a fare i mestieri imbarazzata dagli sguardi di Valerio, che aveva posato il giornale e, non nascondendo affatto la sua attenzione, non perdeva una sua mossa. La osservava come se non avesse vestiti, la immaginava come se sotto il grembiule non avesse niente, un bel corpo sensuale, nudo, che si agitava compostamente davanti a lui. Preso da questa immaginazione, aveva l'impressione di liberarsi dal potere che aveva quella ragazza di condizionarlo, di farlo dipendere emotivamente da lei.

Continuò a guardarla, ma presto si accorse che stava costringendo se stesso a immaginarsi l'erotismo di Sylva: un inganno, perché non era quello che davvero lo catturava. Ad affascinarlo, erano il sorriso, i silenzi, i modi goffi e improvvisamente eleganti della ragazza, che gli trasmettevano un imprevedibile senso della vita in cui sparivano indifferenza, torpore, perfino malinconia.

Questa sincerità, raggiunta con onesta consapevolezza, invece di rasserenarlo lo irritava, lo faceva sentire inevitabilmente succube di Sylva. Allora ritornò a pensarla come un corpo erotico che poteva procurargli solo piacere. Immaginò di stenderla sul letto senza tanti convenevoli, spogliarla, guardarla nuda. Il sesso è semplice, la sua istintività cancella la complessità dei pensieri e spesso mette in evidenza la loro reale banalità. Non accadde niente di tutto questo. Come se la risacca lo riportasse al largo dopo averlo illuso di essere al sicuro sulla spiaggia, una mattina chiese a Sylva di suonare il pianoforte.

Di fronte al suo rifiuto, infastidito dalla sua ritrosia, arrivò perfino a provocarla alzando la voce: «Vediamo cosa sai fare, solo di nascosto hai il coraggio di esibirti!» le disse, volutamente arrogante. Senza tradire il proprio stato d'animo, subito si meravigliò di quella aggressività – per lui un atteggiamento sconosciuto – che testimoniava l'incapacità di dominare emotivamente la situazione. Si accorse quanto fosse miserabile il suo modesto potere di padrone di casa e di maestro di pianoforte su quella ragazza, che lo esasperava per la sua pacata compostezza. Era una qualunque donna di servizio: poteva comprendere il proprio desiderio di possederla sessualmente, ma perché quel desiderio passava in secondo piano di fronte alla gioia che gli trasmetteva la sua semplice presenza? Un rapporto sessuale lo avrebbe tranquillamente controllato nel suo inizio e nella sua fine, ma non era ciò che cercava o, comunque, non era ciò che lo incantava. Doveva ammettere che per liberarsi della presenza di Sylva avrebbe dovuto licenziarla, sapendo che sarebbe stata una decisione così senza senso da farlo soffrire.

Sylva non aveva ancora vent'anni, ma il tempo non era stato generoso con lei: facile immaginare che avesse dovuto imparare alla svelta i trucchi per sopravvivere. Le sarebbe stato sufficiente il suo sorriso pieno di tenerezza per calmare Valerio, ma quella sfida, lanciata con tanta prepotenza dal suo padrone di casa, le pareva il segno di una debolezza che lei poteva facilmente dominare, senza compromessi.

Tenne gli occhi bassi e si diresse verso il pianoforte. Esitò prima di sedersi. Sbottonò lentamente il grembiule che indossava durante le pulizie, lo piegò con cura prima di posarlo su una poltrona, poi, sempre con calma, regolò l'altezza del seggiolino e prese posto.

Suonò il brano che conosceva meglio, mettendoci tutta la sua bravura; non aveva spartito, ma non esitò a eseguire un testo difficile. Quando terminò, rimase seduta con lo sguardo rivolto alla tastiera, in attesa.

«Chi ti ha insegnato?» le chiese Valerio.

«La nonna, signore» gli rispose sempre senza alzare gli occhi.

«Sei brava, ma potresti migliorare. Devi esercitarti, suonare di più.» La voce di Valerio aveva perso l'iniziale arroganza, ma non concedeva alcuna tenerezza.

«Non ho tempo, signore. Suono quando capita. E non c'è più la nonna a insegnarmi.» La ragazza si alzò dal seggiolino, prese il grembiule e lo indossò nuovamente per tornare al suo lavoro.

«Aspetta un momento» le disse Valerio mentre Sylva si allontanava. «Perché hai studiato pianoforte? Si vede che ti piace, sei portata... Come mai hai imparato?» ripeté.

Sylva scosse la testa, alzò le spalle; questa volta lo guardò per qualche istante negli occhi, e Valerio ebbe in quel momento la certezza di quanto fosse illusorio credere di potersi liberare dall'incantesimo del suo indecifrabile fascino, pensandola come un corpo erotico da usare e da scartare.

Era profonda nel suo silenzio, attraente nel modo in cui sapeva comunicare quel silenzio. Sguardi, cenni del capo, qualche gesto delle mani diventavano più eloquenti delle parole. Il silenzio per comunicare. Sorprende quando ci si avventura in un altro linguaggio, quando non c'è bisogno di rivestire di parole i sentimenti. Imbarazza, invece, quando, abituati a raccontarsi, a misurare l'affetto dalla quantità di parole che vengono scambiate, ci si accorge di non avere nulla da dire. Allora si precipita in un altro silenzio, quello che, sconsolante, testimonia l'assenza d'intesa d'amore: si attende, si spera che di lì a poco qualcosa cambi, che si trovi da un momento all'altro qualche frase per interrompere la muta attesa.

16

Valerio accettò la presenza di Sylva, prima con un senso di serena rassegnazione, poi, lentamente, sempre più convinto che la sua compagnia gli facesse bene. Aveva ritrovato un ordine da dare alle sue giornate, si metteva al pianoforte la mattina presto finché arrivava la ragazza, portandogli il giornale: leggeva, la guardava di tanto in tanto lavorare e poi usciva di casa senza quel senso oppressivo di malinconia che lo aveva accompagnato per lunghi giorni.

Aveva anche ripreso a lavorare con quattro ragazzi con cui aveva formato un piccolo complesso di musica da camera. In realtà, i giovani musicisti erano tre, un violino, un violoncello e un flauto traverso. Il quarto, Lorenzo, anche lui violino, era molto più di un musicista: un vero, grande amico di Valerio, suo compagno di studi al conservatorio di Venezia.

Nel periodo appena trascorso, in cui Valerio era caduto in depressione, era stato Lorenzo a seguire i ragazzi con la sua indiscutibile competenza, soprattutto con un buonumore e una vitalità impossibili da annientare. Uomo di vera bellezza, alto, un corpo perfettamente proporzionato che sembrava scolpito da un artista della Grecia classica, sguardo magnetico che incantava: ovvio che fosse un grande conquistatore di donne dalla fama proverbiale. Anche lui di Zara, insieme a Valerio era andato a Venezia per studiare musica, ma, pur avendo talento, il suo percorso verso il diploma era stato molto accidentato per gli ostacoli incontrati a causa della passione per l'animo (specialmente per il corpo) femminile.

Un ostacolo molto complesso fu Laura, una giovane compagna di studi, non particolarmente bella: il genere "carino", quello che rischia di catturare l'immaginazione ancor più della bellezza. Con studiata abilità, Laura non si era affatto mostrata arrendevole al fascino di Lorenzo: fin dai primi incontri con lui, aveva tenuto un contegno molto riservato, senza dare la minima sensazione di cedere al suo corteggiamento. Accettava gli inviti, si sentiva lusingata dal suo apprezzamento, ma gli proibiva qualunque gesto che potesse preludere a una più profonda conoscenza sensuale. Per Lorenzo, che senza tanta fatica o fantasia raggiungeva presto con una donna lo scopo desiderato, Laura rappresentava una sfida alla sua reputazione di seduttore. Ogni suo tentativo falliva in modo umiliante: quando si trovavano a camminare insieme, con eleganza abbracciava la ragazza e con casuale precisione la sua mano arrivava là, nel punto migliore per toccarle il seno. Lei, pronta, la allontanava educatamente. Con minore raffinatezza costruiva l'occasione appropriata per sfiorarle il sedere, senza mai il successo sperato. Il corpo di Laura era diventato una palestra di lievi palpeggi, di qualche pronunciato toccamento, e quanto più venivano frustrate le intenzioni erotiche di Lorenzo, tanto più aumentava il suo desiderio di possesso. Era anche arrivato a dichiararsi, a prometterle il suo eterno amore, prospettandole famiglia e figli numerosi: probabilmente poco convincente, sicuramente incapace di far breccia nel cuore della ragazza, freddo come il suo corpo.

Era una giornata di fine primavera, quando a Venezia il caldo inumidisce l'aria, e il cielo appare velato da una leggera nebbiolina. Forse quell'atmosfera rilassante suggerì a Lorenzo di tentare il tutto per tutto, ma senza sembrare prepotente, «con classe», come diceva lui, anche perché si avvicinava ormai l'estate, la stagione più propizia per le conquiste, e non poteva più perdere tempo con la sua compagna di studi. Si fece prestare una barca con un piccolo motore fuoribordo, e la invitò a una gita sulla laguna. Laura non aveva mai rifiutato gli inviti di Lorenzo: stava bene con lui, inutile dire quanto le piacesse, ma non ammetteva che si andasse oltre a ciò che riteneva un virtuoso comportamento.

Anche questa volta accettò volentieri l'invito, e con il suo dolce, disarmante sorriso si trovò all'appuntamento in Fondamenta Nuove, pronta per la partenza. Lorenzo aveva una meta precisa: raggiunse in mezz'ora un canale appartato che s'insinua tra due barene, trovò il modo di ancorarsi, distese una coperta sul fondo della barca e invitò Laura a sdraiarsi accanto a lui per prendere il sole. Senza esitare, lei fece quello che lui le chiedeva, slacciò anche i primi bottoni della camicetta per lasciarsi rinfrescare da una leggera brezza.

Il bacio rappresentava il primo passo della strategia di conquista, e Lorenzo era già preparato ad affrontare la resistenza della ragazza. Invece Laura si lasciò baciare come se fosse la cosa più naturale che potesse capitare. Sorpreso da quel comportamento, Lorenzo pensò che la battaglia fosse vinta, di aver ormai espugnato il corpo di Laura. Finì di sbottonarle la camicetta, si trovò il suo seno tra le mani e continuò a scendere aprendole la gonna per procedere alla conquista definitiva. Ma appena le sue dita, con estrema cautela, incominciarono a oltrepassare la linea dell'ombelico, fu come se la ragazza venisse punta da un calabrone. Si alzò di scatto, iniziò a urlare, insultando Lorenzo, gridando a squarciagola per attirare l'attenzione di qualcuno che venisse a salvarla. Niente da fare: la linea dell'ombelico era il confine della virtù che andava difeso con ogni mezzo.

Lorenzo sperò di cavarsela promettendole di sparire dal suo orizzonte, perché una persona indecente come lui non era degna neppure di guardare in faccia una ragazza pura come lei. Ma non andò così: il padre di Laura era un importante notabile di Venezia che denunciò l'accaduto al rettore del conservatorio, esigendo provvedimenti immediati. Lorenzo venne subito espulso dal Benedetto Marcello per il comportamento immorale che offendeva la celebre tradizione dell'istituto.

Con il suo pentimento e qualche supplica dei genitori era probabile che sarebbe stato riammesso – la punizione era obiettivamente eccessiva –, ma il padre di Lorenzo non fu minimamente turbato dalla cacciata del figlio, anzi, la considerò una fortuna. Aveva un bar molto bene avviato in Riva San Rocco, punto di ritrovo di tanti zaratini, soprattutto d'estate quando ci si poteva sedere all'aperto. Aveva sempre pensato che lo studio della musica fosse per il figlio una perdita di tempo, così approfittò della situazione per convincerlo a iscriversi a Ca' Foscari, alla facoltà di lingue. Era certo che la conoscenza delle lingue straniere fosse l'unica cosa veramente importante per il futuro del ragazzo e del bar. Poi, da uomo di consumata esperienza, per aver visto passare di tutto per il suo locale, conoscendone l'indole diede a Lorenzo un consiglio. «Se proprio non riesci a rinunciare a correre dietro alle donne» gli disse, «va' in cerca di quelle un po' più anziane di te: in genere si accontentano e creano meno complicazioni.»

Lorenzo seguì il consiglio del padre, ma un giorno incappò nella segretaria dell'istituto di francese di Ca' Foscari. Una donna sulla quarantina, abbastanza brutta, gli occhi inespressivi, i capelli, in particolare, avevano qualcosa di disgustoso: lunghi, neri, sembravano sempre unti, appiccicati tra loro e sul viso. Ma il corpo sprigionava una sensualità incontenibile. Una conquista facile, che con il tempo, invece di raffreddare Lorenzo, lo intrigò sempre più per il luogo in cui avvenivano gli incontri: la segreteria dell'istituto, a qualsiasi ora, anche se nei corridoi c'era gente, e il rapporto sessuale in qualunque angolo possibile e immaginabile di quella stanza.

La signora s'innamorò di lui, pensando di essere ricambiata: lo vedeva attento ad ascoltare i suoi lamenti, le recriminazioni sulla vita che non le aveva dato quello che le doveva, sul marito che la maltrattava, sui figli che non avevano nessuna considerazione per lei. A Lorenzo pareva il minimo mostrarsi partecipe di tanto dolore almeno per un quarto d'ora, e poi chiudersi alle spalle la porta della segreteria per riaprirla quando era previsto un nuovo appuntamento.

La signora divenne insistente, immaginava una grottesca fuga romantica con Lorenzo, il quale, spaventato dalle sue minacce e dai ricatti morali se non l'avesse assecondata, fuggì... ma da solo, ritornandosene a Zara dove riprese a studiare il violino insieme a Valerio e ad aiutare il padre nel bar.

Ormai era diventata una consuetudine il ritrovo dei quattro musicisti in casa di Valerio per provare sia la sua partitura, a cui da tempo stava lavorando, sia una loro interpretazione della *Primavera* di Vivaldi da presentare possibilmente subito dopo il concerto che Valerio avrebbe tenuto di lì a un mese al Teatro Verdi. Lorenzo non aveva una grande tecnica, ma gli amici gli riconoscevano un'indiscutibile originalità nell'esecuzione dei passaggi più complessi dello spartito, ed era anche un buon conoscitore di storia della musica. Durante i loro incontri, Valerio si augurava che si parlasse proprio di questo, di tecnica e di storia della musica, perché trovava ormai noiosi e stucchevoli i racconti di Lorenzo sulle sue avventure amorose a cui era abituato da anni, racconti tuttavia perfino più sopportabili dei suoi ragionamenti politici, che riteneva superficiali e talvolta offensivi, in contrasto col proprio modo di pensare (anche se, segretamente, nei momenti di sconforto, temeva di poterli condividere, cosa che mai, però, avrebbe ammesso pubblicamente).

Lorenzo, con un po' di cinismo e una buona dose d'ironia, sviliva l'impegno politico di chi con entusiasmo difendeva il patriottismo, l'amore per la cultura e le tradizioni della propria terra. Riteneva infatti inutili i tanti sacrifici, gli enormi rischi a cui andavano incontro coloro che si battevano per i loro ideali. «L'uomo non è in grado di cambiare il mondo» diceva, «perché il mondo si trasforma da solo, senza il bisogno del nostro intervento: rivoluzioni, rotture, strappi nascono dalla superbia, dalla presuntuosa volontà di persone ignoranti.» E a Valerio, che s'irritava ad ascoltare quei discorsi, con un sorriso e una pacca sulla spalla diceva: «È più semplice di quanto immagini: tu credi in Dio, e puoi pensare che Dio voglia che l'uomo cambi quello che lui ha creato?».

Valerio continuò a rimproverarsi di non averlo mai capito. Era tutta una copertura e un modo per non mettere in pericolo gli amici. Una mattina Lorenzo mancò all'appuntamento musicale di rito. Valerio venne a sapere che l'amico partecipava segretamente alle attività di un'associazione che contrastava le mire espansionistiche dei comunisti di Tito. Una notte fu arrestato, sbrigativamente processato da un presunto tribunale del popolo e condannato a morte. Trascorse due giorni detenuto in un casolare a Smirić, un paese tra i boschi dell'entroterra di Zara, in attesa di essere giustiziato. Quando arrivarono i suoi carnefici, nel casolare non trovarono nessuno. Fuggito. La carceriera era una giovane donna del posto, a cui era stato affidato il compito di non perderlo di vista neppure per un minuto. Lei obbedì alla lettera agli ordini e non lo perse mai di vista: per Lorenzo fu un gioco da principianti sedurla e scappare con lei verso la libertà.

17

La regolarità delle giornate aveva permesso a Valerio di frequentare nuovamente le persone che non aveva più rivisto da quando era caduto in depressione. Una ritrovata normalità, che aveva pagato cara quando l'aveva perduta: tempo portato via alla musica, allo studio, al lavoro.

Già prima della guerra, si era lasciato trascinare in un'attività politica confusa e disorganizzata, tutta spontaneità ed esaltazione, che coinvolgeva lui, come gli altri amici, in un lavoro faticoso, a cui si dedicavano grandi energie ma che, alla prova dei fatti, era tutto un girare a vuoto. Progetti e prospettive sono sempre affascinanti e generosi quando si ha in animo la volontà di cambiare il corso della politica per adeguarla ai propri ideali. Tante riunioni, estenuanti discussioni, qualche uscita pubblica per portare alla luce del sole il programma della loro associazione: Valerio si perdeva in un mondo che non gli apparteneva. La politica non lo aveva mai coinvolto emotivamente, però sapeva che era giusto impegnarsi, necessario guardare in faccia i problemi, affrontarli senza abbassare lo sguardo, perché erano tempi di grandi decisioni che non dovevano lasciare spazio all'egoismo e a vanità personali. Si sentiva in colpa quando, tra sé, riconosceva che la sua vera passione rimaneva la musica e che, talvolta, nei momenti di scoramento, pensava di dedicarsi esclusivamente al suo lavoro, forse riuscendo così a ricucire anche gli strappi del suo matrimonio. Ma il rispetto degli amici e le scelte fatte con loro lo trattenevano dal lasciare tutto e lo portavano ad accettare un compromesso al ribasso con la propria vocazione musicale che inevitabilmente lo avrebbe allontanato dalla politica. Un compromesso che chiedeva grande forza d'animo e lucidità per essere sopportato: per questo, nel momento in cui quella forza e quella lucidità si erano affievolite, e dubbi e incertezze dominavano la ragione, Valerio aveva perso il controllo del proprio mondo emotivo e si era protetto chiudendosi in se stesso.

Adesso ritrovava gli amici che, come se fosse ricomparso dopo un lungo viaggio, lo accoglievano con affetto e con insistenza gli chiedevano di tornare a lavorare con loro. Progetti, iniziative, manifestazioni: come prima e, più che altro, come sempre, le solite parole circonfuse di speranza e buona volontà, che tuttavia delineavano un orizzonte politico occasionale privo di vere possibilità di incidere sulla realtà che si stava vivendo in quei tempi di guerra.

Con tutti, Valerio si mostrava disponibile, con generosità si assumeva incarichi faticosi da portare a termine. Non si tirava indietro per non deludere chi contava su di lui e soprattutto era soddisfatto di aver raggiunto la certezza di essersi scrollato di dosso quell'apatia che per troppe settimane lo aveva come soffocato.

«Il mio patrigno vorrebbe incontrarla, maestro.» Sylva si rivolse così a Valerio, con la solita compostezza, senza alzare lo sguardo, continuando a spolverare i mobili.

Valerio, perplesso per quella richiesta, piegò con cura il giornale, lo pose sul tavolino accanto alla poltrona e rimase a osservarla, senza rispondere. Per darsi una spiegazione, fece un rapido riepilogo di quanto era accaduto negli ultimi tempi: la ragazza era croata, era stata portata in casa sua dalla zia Raissa, persona che si era guadagnata la sua fiducia, ed era molto probabile che croato fosse anche il patrigno. Gente di campagna, con la quale Valerio non aveva mai avuto niente a che fare, ma gente perbene. Quelli erano tempi, però, in cui vivere nel sospetto era una consuetudine: «Come fa a conoscermi?» le domandò, dopo alcuni minuti.

«Sa che lavoro qui da lei, che sostituisco la zia... che ho perfino suonato il pianoforte.» Il tono di voce basso, pacato, era rasserenante e aveva trasformato una richiesta, che Valerio aveva colto con inquietudine, in una semplice, naturale proposta.

«Sì, certo, sa che lavori qui» le rispose. «Perché il patrigno?»

«Non ho mai conosciuto mio padre. La mamma si era risposata con Anton, anche lei è morta quando ero piccola. Sono cresciuta nella casa di Anton, è molto buono con me; mi ha fatto da madre sua sorella, la donna che mi ha portato qui a lavorare. Siamo una famiglia molto numerosa, fratelli, cugini, zii... siamo in tanti.»

Valerio aveva ripreso il giornale. «Perché vuole incontrarmi?» le chiese fingendo indifferenza.

«Non lo so. Gli ho detto che lei ha molto da fare e che sarebbe stato impossibile, ma ha insistito. È da un po' che mi domanda se le ho parlato di questa sua visita che vorrebbe... se è d'accordo ad andare da lui. Mi deve perdonare, maestro, io ho cercato di spiegargli che lei non avrebbe potuto, ma insiste sempre, ogni volta che torno dal lavoro. Sa, lui è buono, però è anche molto severo se non viene ubbidito. Spero che mi dica di sì, che lo vedrà, perché altrimenti crederà che non le ho detto niente, che ho avuto paura di parlarle o che non sono stata convincente. E non vorrei passare qualche guaio. Anton è buono, molto rispettoso, ma...»

«Digli la settimana prossima, giovedì. Poi vedrò dove.»

«Chiede se può andare da lui. Si muove male, si è rotto una caviglia. Non abitiamo lontani, le spiegherò bene la strada.» Poi, guardandolo, quasi con le lacrime agli occhi: «Mi farebbe felice, se andasse: gli dico giovedì?».

18

Non aveva la minima idea del motivo di quella richiesta da parte di una persona che non aveva mai sentito nominare. Tanta insistenza, l'evidente ricatto che stava esercitando su Sylva, aveva qualcosa d'insolente. Senza esitazione, aveva detto che si sarebbe incontrato con Anton, una decisione presa soltanto perché preoccupato di ciò che sarebbe capitato alla ragazza se avesse rifiutato.

Nei giorni seguenti Valerio cercò di ottenere con molta discrezione qualche informazione su Anton Ranković, il patrigno di Sylva. Di vecchia origine croata, possedeva una piccola tenuta agricola nella campagna a una ventina di chilometri da Zara, e di quell'azienda di famiglia non era rimasto quasi niente.

Per il momento non era riuscito a saperne di più, ma tanto gli bastava per capire che Ranković era uno di quei contadini che vivacchiava mandando a servizio in città le proprie donne.

Quel giovedì arrivò prima di quanto si aspettasse, e non fu soltanto un'idea passeggera quella di non andare all'appuntamento. Con Sylva avrebbe finto di essersene dimenticato, avrebbero stabilito un altro giorno per l'incontro, poi se ne sarebbe dimenticato di nuovo, e avanti così senza creare troppe complicazioni. Ma soltanto immaginarsi che Sylva avrebbe subìto le conseguenze del mancato appuntamento, lo dissuase dal perseguire quell'idea. Tuttavia, in cuor suo doveva anche ammettere che aveva una certa curiosità di sapere cosa volesse da lui il patrigno della ragazza: sicuramente dei soldi che, se non erano molti, poteva anche dargli. Oppure che prendesse al suo servizio un'altra persona. A questa richiesta avrebbe risposto no con fermezza: non gli andava di riempirsi la casa di gente inutile. Oppure gli avrebbe detto che Sylva non sarebbe più venuta a lavorare da lui, perché gli serviva: eventualmente l'avrebbe sostituita con qualcun'altra. Ma se questa era la decisione del patrigno, poteva riferirgliela direttamente Sylva senza che lui dovesse andare a casa sua. Alla fine Valerio si convinse che Ranković volesse dei soldi: semmai interessante poteva essere il motivo e il modo con cui glieli avrebbe chiesti.

Comunque, di malavoglia aveva preso di mattina presto il vaporetto, era sceso a Barcagno e con pazienza si era messo ad aspettare l'autobus che lo avrebbe portato lungo la strada per Boccagnazzo. C'era una ventina di persone sul piccolo piazzale dove arrivavano e partivano le corriere verso i paesi della campagna zaratina. In prevalenza contadini, soprattutto donne, le morlacche, con i loro abiti colorati, pieni di ricami simbolici che richiamano gli animali, gli alberi, i frutti della terra, con i loro lunghi capelli riuniti in una treccia e raccolti sulla testa, coperta da un fazzoletto bianco, annodato sotto il mento.

Una di loro cercava di intrattenere la sua bambina, che piangeva sconsolata. Non appena la madre riusciva a distrarla e a farla smettere di urlare, la piccola correva in mezzo alla strada, raccoglieva dei sassi e li lanciava dappertutto e contro chiunque le capitasse a tiro.

La madre andava a prenderla, la riportava nello spazio d'attesa della corriera, la bambina ricominciava a piangere e lei a intrattenerla. Appena smetteva di gridare, partiva spedita in mezzo alla strada a tirare sassi, e la mamma tornava a prenderla.

Questa scenetta continuava sempre uguale da un po' di tempo. A un certo punto, la donna, vedendo del tutto inutili i suoi tentativi di calmare la bambina, con pazienza s'inginocchiò di fronte a lei e intonò una canzoncina. Poi, rialzandosi, la prese per mano e iniziò a insegnarle un passo di danza, il *Kolo*, che si balla formando un cerchio.

In quella danza sono ripetuti gesti antichi, sempre uguali, che si tramandano di generazione in generazione, come un ordine immutabile a cui appartiene la vita stessa, dandole un senso che non ha bisogno di essere scoperto e compreso: la bambina e la madre che danzano insieme, sono loro stesse il senso della vita.

Valerio conosceva bene quel ballo, lo aveva visto mille volte, come altre mille volte aveva ballato le canzoni della sua gente. Non gli sfuggiva il valore di quella semplicità: il lieve significato della tradizione che è amore e rispetto del presente, non venerazione delle ceneri del passato. Gesti ripetuti, riti, simboli, che saldano gli anelli della storia, sono come una pelle che avvolge il corpo, una protezione che si forma lentamente nel corso dei secoli. Si può pensare di rinnegare storia e tradizione, si può pensare di andare oltre, di essere indifferenti? Chi lo ritiene possibile ha qualcosa di patetico, è come una mosca che pretende di liberarsi dalla ragnatela in cui è stata intrappolata per la sua spregiudicatezza o per la sua imprudenza: un'immagine della fine della vita, la cui drammaticità sfiora il ridicolo.

Che senso ha, si chiedeva di tanto in tanto Valerio, suggestionato dai ragionamenti di Lorenzo, cambiare il corso della propria storia, di quella della propria gente, della propria terra? Sarebbe come pensare di correggere la traccia lasciata dal tempo, quando il tempo, nel suo trascorrere, rende tutto immateriale. Di tutto ciò che esiste, cosa rimarrà? Il dolore del pianto della bambina, non la bambina, rimarrà la tenerezza della madre, non la madre; la danza, non le persone che danzano: cioè, rimarranno storia e tradizione.

Sull'autobus, con gli occhi fissi al finestrino, Valerio guardava il mondo che se ne andava: case, alberi, animali sparivano. E altre case, alberi, animali ritornavano sempre di nuovo. Non cambiava niente, neppure la volontà di cambiare. La vita di ognuno è aggrappata a questa patetica e ridicola volontà di cambiare: aveva ragione Lorenzo. Il suo modo di pensare non era una semplice copertura per evitare rischi e pericoli agli amici: era questo, ma non soltanto. Lorenzo avrebbe potuto trovare mille modi per tenerli al riparo: in realtà, con la sua attività politica voleva smentire il proprio pensiero, voleva rifiutarsi di credere che la volontà di agire per imporre o difendere i propri ideali fosse soltanto un'illusione. Ma quanta fiducia in se stessi è necessaria per contrastare quell'illusione?

Quando la corriera si fermò nei pressi di Due Torrette, dove Sylva gli aveva detto di scendere, Valerio era così frastornato dai suoi pensieri e dai continui sobbalzi del viaggio che per prima cosa cercò un'osteria per bersi un bicchiere di vino.

Seduto su una panca, davanti a un lungo tavolo, dove il suo piccolo bicchiere sembrava perdersi nel vuoto, Valerio ritrovava un senso dell'esistenza che gli avevano fatto perdere tutte quelle sue elucubrazioni filosofiche sulla tradizione, sulla storia, su una semplice danza che era riuscito a trasformare in uno stupefacente valore della vita. Si sentiva infastidito, anche un po' umiliato da quella fuga dalla concretezza delle cose, che riconosceva come un costante, ricorrente difetto che non gli consentiva di tenere i piedi per terra.

Senza dover chiamare l'oste, si alzò per farsi riempire di nuovo il bicchiere. Intorno al bancone si erano radunate una decina di persone che chiacchieravano a voce alta, un piccolo mondo che stava per andare al lavoro, mentre un altro era appena ritornato e si riposava bevendo qualcosa. Valerio conosceva il dialetto di quella gente, l'ascoltava. C'erano un falegname, un paio di contadini e dei fabbri, un calzolaio già con il suo grembiule di cuoio. Discutevano delle loro occupazioni: il senso della loro esistenza lo trovavano in ciò che facevano giorno dopo giorno, e i problemi che semmai sorgevano riguardavano il modo in cui oggi avrebbero svolto il loro lavoro e come lo avrebbero affrontato domani. Il senso della loro vita non lo affidavano a un modo generico di pensare o immaginarsi l'oggi e il domani: il loro lavoro corrispondeva al loro modo di pensare la vita. Così era tutto più semplice: difficile – sorprendente – sarebbe stato se il contadino avesse preteso di pensare come il calzolaio, il falegname come il fabbro... Se Valerio avesse continuato a pensare soltanto come musicista, per lui sarebbe stato tutto più chiaro. E invece, quando aveva incominciato a ragionare da militante politico, aveva finito per rendersi incomprensibile anche la sua vita famigliare. Non era colpa sua se era scivolato lungo il crinale della militanza e dell'impegno, era una generosità che stava pagando a caro prezzo alla grande politica internazionale alle ambiguità di quella nazionale che si serviva di piccole persone buone e disinteressate, spesso sprovvedute e ingenue, per i suoi cinici scopi.

19

Ranković gli era andato incontro per la strada che portava a casa sua. Valerio teneva in mano il foglietto su cui Sylva gli aveva disegnato il percorso da seguire una volta arrivato a Due Torrette, ma era riuscito a perdere più di una volta la direzione giusta. In mezzo alla campagna non era facile orientarsi, e le indicazioni della ragazza gli parevano molto approssimative. Spazientito, aveva deciso di ritornare all'osteria e aspettare la corriera che lo riportasse indietro, ma il suo progetto era stato vanificato dall'incombente visione di Ranković, uno di quei croati così grandi e grossi che sembravano due persone messe insieme.

Nervoso, Valerio aveva subito colto le cose più sgradevoli di quell'uomo cortese nelle intenzioni e villano nei modi. Detestava chi, per salutarlo, gli stringeva troppo la mano, che, per il suo lavoro, proteggeva con attenzione. Il croato gliela aveva stritolata, ma ancor peggio era stato quando con il viso si era avvicinato per baciarlo: una zaffata d'aglio era uscita dalla sua bocca fino a stordirlo per l'odore.

Il temporale della notte aveva reso la strada un pericolo costante, piena di ostacoli d'ogni tipo, da larghe buche zeppe d'acqua a pezzi di rami caduti. Fra quegli intralci, sorprendentemente agile nonostante la mole, Ranković precedeva Valerio che avanzava a fatica. Pur mettendoci tutta la sua attenzione, più di una volta era finito con i piedi nelle pozzanghere, imbrattando di fango le scarpe belle che aveva messo per rispetto del suo ospite, così come aveva indossato il vestito delle occasioni importanti: un ingenuo rispetto di cui adesso si stava pentendo, con il risultato di far crescere il suo nervosismo a livelli vertiginosi.

«Ci siamo quasi. Cammini ai lati, che è più asciutto.» Ranković si rivolse a Valerio con gentilezza. «La pioggia di questa notte è stata molto forte, ha fatto disastri un po' dappertutto. Ma ci siamo» ripeté per rincuorarlo.

Una staccionata sgangherata delimitava l'ampio cortile che circondava la casa. «Una volta qui era bello» diceva, mentre, per far entrare Valerio, prendeva a calci un cancello, incastrato tra i sassi e il fango, cercando di aprirlo con forza. «C'erano fiori, quelle aiuole erano uno spettacolo... Le piacciono i fiori, vero? Gli alberi qui intorno erano pieni di frutti, ma adesso nessuno li cura. Anche gli animali sono malandati, c'è poco da mangiare per loro... Guardi dove cammina!»

Chiuso in un recinto, si lamentava un maiale zoppicante così magro da potergli contare le costole. Le galline, oltrepassata una barriera tirata su alla buona con delle cassette di legno per la frutta, si fecero incontro affamate, spennacchiate, e neppure loro davano l'impressione di passarsela bene.

Valerio e il padrone di casa si accomodarono uno di fronte all'altro sotto un albero di carrubo, il posto indubbiamente più accogliente di quel cortile, preparato per l'occasione. Accanto, su un grande tavolo coperto da una tovaglia a quadretti rossi, c'erano un fiasco di vino e bicchieri capovolti, per evitare che ci entrassero le mosche. Un po' di sole riscaldava l'aria, non si stava male; il cortile era squallido, ma la campagna che si perdeva all'orizzonte era dolcissima: ricordava a Valerio quando nei giorni di festa pedalava per i sentieri in bicicletta, con Milena. Distendevano sull'erba una coperta, mangiavano un panino e poteva capitare di fare l'amore.

«Bei ricordi, vero?» gli disse Ranković. «Ci beva sopra per dimenticare o continuare a ricordare: come preferisce.»

Valerio provò a rifiutare il bicchiere che gli porgeva, spiegandogli che aveva già bevuto abbastanza appena sceso dalla corriera.

«Allora non deve restare a stomaco vuoto, se no le gira la testa, e noi dobbiamo essere lucidi per prendere decisioni importanti.» Ranković lasciò l'ospite, entrò in casa e dopo poco ritornò con due piatti nella mano sinistra e un coltello e un salame nella destra, che tagliò direttamente sulla tovaglia, posando con cura le fette sui piatti.

«Noi la seguiamo da tempo» gli disse quindi, accendendosi un sigaro. Ci fu qualche momento di silenzio e d'imbarazzo da parte di Valerio. Poi il padrone di casa riprese: «Comunque, da quando Sylva è venuta a lavorare da voi, si è semplificato tutto».

«Semplificato cosa?»

«Diciamo: la conoscenza... e questo incontro.»

Valerio scosse la testa, fece una smorfia molto eloquente con le labbra per fargli intuire che non aveva capito niente e che provava una certa indifferenza ascoltando quelle parole.

«Dunque» riattaccò Ranković, «ci risulta che lei sia molto impegnato nella difesa dell'italianità di Zara e della Dalmazia. Stia calmo e non si meravigli per quello che le dirò. Lei conosce bene l'attuale situazione politica... dunque, dunque...» Ranković prese tempo, anche se Valerio non dava segni né di curiosità né d'insofferenza. «Noi comunisti e lei» continuò, «abbiamo un nemico comune: gli ustascia. Lei sa che Ante Pavelić, il loro capo, vuole conquistare queste terre e farne un dominio croato nazi-fascista, contro di voi e contro di noi. Ha mosso guerra ai cetnici – la popolazione rimasta fedele alla monarchia serba – e ha formato alla svelta un governo autonomo di Croazia con l'appoggio dei tedeschi. Tutte le informazioni che abbiamo ci dicono con assoluta certezza che Hitler ha dato mano libera a Pavelić per la Croazia. Noi dobbiamo fermarlo, e lei ci deve aiutare.»

Ranković aspirò due grosse boccate dal suo sigaro e attraverso la cortina di fumo che aveva creato tra sé e Valerio lo scrutò per cercare di capire le sue reazioni.

Valerio rimase impassibile, non fu sorpreso perché, dopo le sue prime indagini su Anton Ranković, disponendo di scarse notizie, aveva preteso da Sylva, con un piccolo ricatto, di sapere molto di più sul conto del suo patrigno: diversamente, se lei non lo avesse accontentato, per nessun motivo sarebbe andato a incontrarlo. Si era fatto, così, un quadro abbastanza preciso del comandante Ranković, dei suoi trascorsi militari e della sua attuale funzione di dirigente comunista. L'identità del patrigno di Sylva non l'aveva affatto turbato, forse per il modo semplice e disincantato con cui lei glielo aveva descritto, forse per l'insolita attrazione nei confronti di quel personaggio che, sinceramente, non poteva nascondere a se stesso. Semmai il problema era perché Ranković si fosse rivolto proprio a lui, cosa gli avrebbe chiesto, cosa lui gli avrebbe risposto. A ben vedere, a questo punto si trovava in ogni caso e suo malgrado a dover fare un salto nel buio, anche se, bevuto il vino e mangiato il salame, si fosse congedato dal suo ospite senza dirgli niente, come se niente fosse accaduto. Non era difficile comprendere che la sua posizione si stava complicando: era stato intercettato, si sapeva di lui, ed era difficile immaginare che quell'incontro sarebbe finito con i saluti, per quanto educati.

20

Il quadro della situazione militare che Ranković gli aveva dipinto era preciso, ma Valerio cosa avrebbe dovuto fare, quali azioni compiere, che contributo avrebbe potuto dare? Rispetto all'attività svolta fino ad allora con le diverse associazioni a cui aveva partecipato, quello che gli veniva prospettato, sia pure vagamente, era di gran lunga più complesso. Il suo impegno politico – non per il tempo che ci dedicava, ma per il coinvolgimento emotivo – lo viveva in modo marginale, non si era mai preso importanti responsabilità: gli piaceva "esserci", essere tra amici, consapevole che non poteva disinteressarsi della guerra in Europa e delle conseguenze, in particolare nella sua terra. Volentieri accettava di essere nel mezzo di una battaglia ideale, anche se non da protagonista. Un limbo un po' ambiguo e un po' conveniente che, comunque, era riuscito a pagare caro sia per tutto ciò che aveva riguardato la sua famiglia sia per la sua professione.

Adesso era sedotto da quel salto nel buio, ed era innegabile che le parole di Ranković lo lusingassero. Era un'occasione per uscire da quel limbo, se avesse accolto le sue richieste: di questo era assolutamente certo. Tuttavia, che senso aveva il suo coinvolgimento con ciò che rappresentava quell'uomo, quel comandante comunista? Accettare le proposte di Ranković era forse un altro dei suoi errori? E qualora si fosse reso disponibile, di quanta fiducia in se stesso avrebbe avuto bisogno, per non pensare che fosse soltanto un'illusione la volontà di cambiare il mondo e affermare i propri ideali?

«Su, avanti, ne beva un bel bicchiere... le farà bene. È vino delle nostre terre.» Dopo una breve pausa che gli permise di riaccendersi il sigaro Ranković continuò: «Noi sappiamo che lei non è dei nostri... glielo ripeto chiaramente perché non pensi...».

«È fuori discussione, e allora? Cosa vuol dirmi?» Era ormai trascorsa almeno mezz'ora, e questa era la prima frase pronunciata da Valerio durante quell'incontro, con la quale era uscito dalla passività dell'ascolto per imporsi con carattere alle affermazioni del croato.

«Sappiamo che non è comunista, però può stare con noi» gli rispose quasi fosse la cosa più naturale da proporgli.

Questa volta fu Valerio a prendere tempo, pur sapendo già come avrebbe replicato: «Sylva mi ha chiesto di incontrarla. Ha insistito... certo con molto garbo. Ci teneva così tanto, e per così poco mi dispiaceva non accontentarla. Tutto qui, non c'è altro... Non vedo proprio cosa possa fare per voi... o con voi. Lei è stato molto preciso: non sono comunista, e se continuassimo a parlare, si accorgerebbe quanto siamo lontani, io e lei».

«Ah, certo» disse Ranković con una risata sguaiata. «Non ho chiesto a Sylva di poterla incontrare per parlare di filosofia... anche se lei è un tipo curioso. Teniamo i piedi ben piantati per terra, guardiamo cosa ci succede intorno, e senza tante chiacchiere vediamo quello che si può fare insieme. E lei può fare molto, è la persona giusta. Frequenta ambienti e persone con cui abbiamo difficoltà ad avere contatti, per noi molto importanti. E poi, mica vogliamo metterle in braccio un fucile e spedirla nei boschi per azioni di guerriglia.» Terminò la frase con un'altra risata non meno sguaiata della prima.

«Posso immaginarlo, mentre non immagino cosa voglia da me. Parli chiaramente.»

Il tono di voce deciso aveva sorpreso Ranković. Lo guardò come se fosse sorpreso dalla sua presenza. «Da lei vogliamo informazioni» gli rispose con altrettanta fermezza.

«Spia.»

«Spia è una brutta parola. Sapere quello che succede, quello che si dice dove noi non possiamo arrivare... Informazioni che non le costeranno fatica.»

«È assurdo che lei si rivolga a me per chiedermi di fare una cosa del genere. Ha sbagliato persona... Grazie del vino e del salame.»

«Si sieda di nuovo e ragioniamo. Per favore, qui c'è un altro bel bicchiere di vino e del salame da mangiare per non far girare la testa. Preferisce il formaggio?... Sì, lasciamo stare, anche se il nostro formaggio non lo troverà mai in città. Assurda è la guerra, non quello che le ho chiesto. In un mondo in cui ci sono giustizia e uguaglianza non ci sarebbe la guerra. Questo mondo non è quello che voglio io.»

«Se è per questo, neppure quello che voglio io» gli rispose Valerio, che era tornato a sedersi. «In ogni caso, non vedo perché dovrei aiutarvi. Lei stesso ha detto che non sono dei vostri... e ha perfettamente ragione.»

«È così.» Ranković si versò del vino, bevve tutto d'un fiato e rimase in silenzio come se fosse ormai convinto che Valerio non avrebbe accettato la sua proposta. «Anche lei ha perfettamente ragione» continuò, «siamo politicamente lontanissimi ma, badi bene, glielo ripeto ancora: abbiamo uno stesso nemico. E lei non è l'unica persona politicamente lontana da noi che ho contattato per questa battaglia comune.»

«Avrà ricevuto la stessa risposta, lo stesso rifiuto a collaborare» replicò prontamente Valerio.

«Al contrario: abbiamo adesioni che coinvolgono persone che come lei non sono comuniste e mai lo saranno. Naturalmente le collaborazioni che chiediamo sono diverse...»

«Da me volete informazioni.» Valerio ripeté la frase un paio di volte come per essere sicuro di ciò che gli veniva chiesto e forse anche per convincersi che proprio lui fosse il destinatario di quel messaggio.

«Sì, lei sa bene che i croati ustascia, comandati da Pavelić, vogliono cancellare le frontiere che considerano svantaggiose dopo la sconfitta della monarchia jugoslava. Stanno combattendo con violente azioni di guerriglia per imporre nuovi confini, prendere la Dalmazia, impossessarsi della sua Zara.»

«E voi sareste così interessati all'italianità delle nostre terre al punto da impegnarvi militarmente per noi? Non mi prenda in giro!» sbottò Valerio.

«Deve ammettere che qui il vero nemico sono i croati di Pavelić. Le notizie arrivano anche a lei, e poi basta che si guardi intorno.»

Valerio non gli rispose, seguì il braccio di Ranković che con un gesto ampio mostrava la campagna intorno a lui e i boschi un po' più lontani. «In sostanza mi sta dicendo che si affronta un nemico alla volta, incominciando dal più pericoloso» osservò ancora con lo sguardo volto all'orizzonte.

«Non siamo così cinici; siamo pratici, come è giusto essere di questi tempi. Ci pensi, con calma pensi a quello che le ho chiesto. Un paio di giorni, però, non di più. Poi basta che lei dica un "sì" o un "no" a Sylva, e in caso affermativo ci faremo vivi noi.»

«Ma se non so ancora precisamente cosa dovrei fare, che decisione posso prendere?»

«Semplice, glielo ripeto: informazioni. Vedrà, una cosa per lei molto semplice» rispose Ranković, alzandosi pesantemente dalla sedia e reggendo il bicchiere di vino con la stessa mano con cui teneva il sigaro. «La pregherei di non andarsene, adesso» gli disse con cortesia. «E poi la corriera passa nel pomeriggio... è mio prigioniero, si deve rassegnare. Venga con me, per favore, da questa parte.»

21

Valerio non replicò e andò ubbidiente dietro a Ranković per un breve vialetto delimitato da vasi di fiori vuoti, che portava nella casa, una di quelle costruzioni rustiche, essenziali, tipiche della campagna, che se un tempo doveva essere graziosa, ora era malandata, i muri scrostati, la grondaia rotta, i tubi dell'acqua che perdevano. L'interno rispecchiava la facciata: squallido, trascurato, qualche mobile sgangherato; la scala, con cui si accedeva al piano superiore, aveva uno scalino sfondato e la ringhiera non dava il minimo senso di sicurezza, tutta inclinata verso l'esterno come se lei stessa cercasse di appoggiarsi a qualcosa.

Valerio seguì il suo ospite che lo invitava a salire per quella scala, stando attento a non mettere i piedi sullo scalino sfondato e a non appoggiarsi alla ringhiera.

«Volevo farle vedere questi» gli disse Ranković, entrando in una stanza.

Valerio si fece avanti, rimanendo tuttavia coperto dalle sue spalle. Lo spazio era stretto, e la mole imponente del croato gli precludeva lo sguardo. Ranković se ne accorse, si mise in disparte e con un gesto cerimonioso della mano gli presentò i suoi tesori. Sul letto aveva allineato con precisione, uno vicino all'altro, sei violini con accanto i rispettivi archetti.

«Lei se ne intende: sono belli, cosa le pare?» gli chiese quasi sussurrando.

Valerio rimase senza parole, non tanto per la qualità dei violini, quanto nel trovarli in una casa così sciatta e nel vederli conservati con tanto amore.

«Provi questo: so che è il migliore.» Ranković prese con molta cura un violino e glielo porse.

«Non sono un violinista» disse Valerio, lasciandosi mettere il violino tra le mani.

«Lei sa suonarlo bene. Sappiamo anche questo: non come il pianoforte, però...»

Valerio rimase immobile, imbarazzato e con il violino tra le mani proprio come glielo aveva affidato il suo ospite. Frastornato, quasi fosse là senza saperne il motivo, senza capire cosa stesse accadendo.

«Su, mi dia qui» disse Ranković spazientito. Poggiò sotto il mento il violino e incominciò a suonarlo.

Poche note bastarono a trasformare l'immagine della persona. La musica rendeva gentile, perfino elegante nei movimenti quell'uomo, che si applicava con austera compostezza al suo strumento. Voleva dimostrare a Valerio di possedere una raffinatezza, una cultura, nonostante il suo aspetto gli comunicasse, probabilmente, l'esatto contrario. Oppure non voleva dimostrare proprio niente: gli piaceva l'idea di poter suonare di fronte a qualcuno che conosceva bene la musica e che poteva apprezzarlo.

«La nostra storia, quella della mia famiglia, è tutta qui» disse infine a Valerio, posando con cura il violino sul letto e allineandolo accanto agli altri. «Sono un soldato, ma se non ci fosse questa guerra e se prima non avessi dedicato tanto tempo alla politica, la mia vita sarebbe qui, nella musica, come è stato per i miei parenti.»

Valerio provò fastidio per quella confidenza, per i violini e per la musica che stavano stravolgendo la sostanza del colloquio appena sostenuto. Ma dopo il primo momento in cui si sentì inadeguato a quella nuova situazione, incominciò a insospettirsi, a temere qualche tranello. Preoccupato di dover affrontare ancora qualcosa di inatteso, non volendo apparire nervoso e diffidente, cercò di mostrarsi disinvolto e prese uno di quei violini posati in bell'ordine. Suonò un pezzo famoso di Vivaldi, poco più di un minuto, notando che lo strumento era perfettamente accordato. Terminata la sua breve esecuzione, prima ancora di ricevere i prevedibili complimenti di Ranković, fu lui a farglieli, a sottolineare la sua bravura, la qualità del violino, elogiando la sua passione per la musica.

«Non dica sciocchezze» gli rispose il croato, chiudendo la porta della stanza. «Non sono bravo, la passione deve fare i conti con la realtà, e purtroppo in questi casi la passione esce sempre sconfitta. Mi auguro che non ci darà informazioni false come questo suo giudizio» gli disse ridendo e dandogli una vigorosa manata sulla spalla.

L'attesa per il ritorno a casa era lunga, e Valerio non aveva pensato come trascorrerla. La corriera non sarebbe passata prima del tardo pomeriggio, e lui non sapeva davvero cosa fare. Dopo tante insistenze e senza credibili argomenti per rifiutare, accettò l'invito di fermarsi a pranzo. Avrebbe sopportato quella seccatura, ma ciò che lo preoccupava erano gli imprevisti dell'inevitabile continuazione del colloquio con Ranković. Non si nascondeva la soddisfazione di essere riuscito a non sbilanciarsi sulle decisioni da prendere e non voleva compromettere l'equilibrio raggiunto, contento anche di aver fatto con poca fatica un piacere a Sylva, sapendo quanto per lei fosse importante la sua visita a casa del patrigno.

Ma non era un problema il pranzo e neppure la delusione che avrebbe provato Sylva se lui, a questo punto, se ne fosse andato via sbattendo la porta o educatamente: la questione delicata era la collaborazione con i comunisti, a qualsiasi titolo questa avvenisse, senza scendere a compromessi inaccettabili. Ranković si era mostrato leale nel riconoscere la profonda differenza politica e culturale con lui, che non ammetteva cedimenti o confusioni ideali. Ma se ciò era fuori discussione, era anche vero che molti italiani, impegnati a difendere la storia e le tradizioni della loro terra dalmata, vedevano crescere il pericolo ustascia e guardavano con attenzione alle opportunità di far fronte comune contro quel nemico con alleanze provvisorie e strumentali, anche con i comunisti, per combattere Pavelić. Se, poi, si valutava la situazione militare con la praticità che Ranković chiedeva, bisognava ammettere che i comunisti erano i più organizzati nel presidiare il territorio, cosa che rafforzava la convinzione di affrontare insieme a loro azioni contro gli ustascia. D'altra parte, a Valerio erano ben note alcune persone della sua stessa parte politica che avevano stretto con i comunisti alleanze occasionali per combattere il nemico comune, per cui, a essere sincero, neppure gli era sembrata stravagante la proposta di Ranković.

Voleva darsi del tempo per riflettere con calma, cercare di capire bene la situazione politica nella sua evoluzione, lasciarsi aperte le porte alle spalle per non consegnarsi culturalmente disarmato a un incarico politico che poteva diventare insostenibile per la sua ambiguità. La richiesta di collaborazione avanzata da Ranković era ancora generica sia per il ruolo che avrebbe dovuto ricoprire, sia per l'attività che avrebbe dovuto concretamente svolgere. Aveva bisogno di riflettere, consapevole di non poter chiedere, almeno per il momento, alcun consiglio ai suoi amici. Per proteggersi, doveva mantenere la segretezza, non c'era la possibilità di condividere con nessuno la sua decisione.

Il dialogo con Ranković si era mantenuto in una – per così dire – indefinita precisione, che tutto prescriveva e tutto andava specificato nei dettagli: un'approssimazione che, oltre a prevedere tempo per orientarsi e capire bene a cosa sarebbe andato incontro, aveva concesso a Valerio l'opportunità di parlare con disinvoltura e senza reticenze. Se adesso fosse rimasto a pranzo con Ranković, a quattr'occhi, continuando inevitabilmente a discutere sulla proposta che gli aveva fatto, avrebbe seriamente corso il pericolo di incrinare l'equilibrio che aveva appena raggiunto. Rischiava di compromettersi, di trovarsi di fronte a decisioni non meditate, favorite dalla convivialità dell'invito.

Appena entrò nella sala da pranzo, si sentì rassicurato: non aveva previsto tanta deferenza e tanta formalità nell'essere accolto in casa Ranković. In piedi, intorno al tavolo, lo stavano aspettando sei o sette persone, vestite con la massima cura come si conviene alla presenza di un ospite di riguardo. I tre uomini avevano abiti esattamente uguali: camicia bianca, pantaloni e giacca neri come la cravatta; un panciotto, sempre scuro, a cui era attaccata una catenella con un vistoso orologio d'oro. I vestiti delle donne erano colorati e fantasiosi, con le gonne a tinte tenui sul verde e blu, lunghe fino alla caviglia. Un tocco di civetteria era lasciato al colletto che chiudeva l'abito, su cui si appoggiavano i capelli raccolti in un voluminoso chignon. Sembrava che ci fosse stata una gara a ricamare quei colletti nei modi più estrosi per dar prova di una rara perizia.

«I miei figli, fratelli, cognati» disse Ranković con un certo orgoglio presentando a uno a uno prima gli uomini. «Non c'è mia sorella Raissa che lei conosce bene, perché è ancora in ospedale. Le ho fatto sapere che oggi, finalmente, sarebbe venuto a trovarci. Sta molto meglio e tra poco tornerà a lavorare da lei.»

A tavola, i posti erano già stati assegnati con precisione. Nessuna alternanza uomo donna: queste erano confinate in fondo; a capotavola Anton Ranković, alla sua destra Valerio e di fronte a lui il figlio maggiore. Appena seduti, la donna più anziana incominciò ad andare avanti e indietro dalla cucina alla sala da pranzo portando grandi piatti stracolmi di formaggi e salumi. Poi servì a ognuno una zuppa fumante di *risi e bisi* insaporiti con la *codega* di maiale; il pranzo proseguì con gli arrosti di agnello e di maiale e una grande varietà di contorni, dalle patate ai fagioli lessati, ai crauti. Servire il vino era un compito svolto rigorosamente dal padrone di casa: rosso nei fiaschi e bianco in bottiglia al momento del dolce, il *kuguluff*, uno strudel di mele un po' più elaborato di quello tradizionale austriaco.

La quantità di cibo non meravigliò Valerio che sapeva quanto la gente di campagna delle sue parti amasse in certe occasioni fare bella figura con la tavola imbandita. Rimase invece sconcertato dal silenzio dei commensali, in particolare di Ranković, che a gesti lo invitava a servirsi ripetutamente, e che di tanto in tanto rompeva quella calma inquietante raccontando qualche aneddoto a cui non seguiva nessun commento. Se il timore di Valerio era stato di dover continuare a parlare col suo ospite del proprio futuro d'informatore, quella preoccupazione si era attenuata appena aveva visto intorno al tavolo i parenti di Ranković, e poi il pranzo. Se aveva ancora qualche apprensione, questa era per la quantità di cibo che gli si voleva mettere nel piatto e che lui si trovava a dover rifiutare senza offendere gli ospiti. Una tavola così imbandita e commensali tanto attenti a ciò che si mangiava e beveva avevano fatto sparire ogni ansia di essere costretto a prendere delle posizioni sulla sua possibile collaborazione con il comandante comunista. Semmai, adesso, temeva di venire invitato a raccontare qualcosa di sé che potesse essere interpretato chissà come, mettendolo in difficoltà.

Lasciò quella casa con un senso di disagio per l'ambigua vaghezza delle richieste di Ranković, assolutamente certo che le proprie insicurezze lo avrebbero sfinito nella ricerca della decisione da prendere. Lo avvinceva tuttavia l'idea che il croato avrebbe avuto la possibilità di metterlo dalla parte giusta. Forse era solo una speranza che le proposte di quell'uomo lo avrebbero indirizzato verso quella parte giusta che aveva sempre perso di vista e a cui ingenuamente aveva voltato le spalle.

Se non fosse stata una speranza o soltanto un'intuizione, perché mai avrebbe infatti intrapreso quel viaggio faticoso e scomodo? Per la curiosità di sapere se gli venissero chiesti dei soldi o proposta un'altra donna delle pulizie? Una curiosità veramente inconsistente. Allora per amore di Sylva? Certo, non voleva deluderla e trovarsi di fronte alla sua freddezza; gli piaceva, tornando a casa, pensare alla giovinezza del suo corpo, sensibile, vivo, materiale, che il tempo, pur con tutta la sua crudeltà, non riusciva a rendere sgradevolmente immateriale, come fosse la scontata abitudine di una presenza.

Non era questa suggestiva visione di Sylva il motivo di quel viaggio a casa di Ranković. Il suo romanticismo aveva raramente trovato nel buon senso un ostacolo da oltrepassare, perciò era consapevole della necessità di imporsi quella concretezza e quel realismo che troppe volte, in circostanze decisive, gli erano mancati. Dalle descrizioni di Sylva e dalle sue informazioni, gli interessava una persona come Ranković, perché quel suo modo di pensare l'impegno politico era estremamente diverso dal proprio e da quello dei suoi amici, che affrontavano con troppa approssimazione la realtà del tempo, con la conseguenza di venir lasciato sempre un passo indietro rispetto alle decisioni fondamentali da prendere.

Poteva essere Ranković la persona che gli avrebbe fatto capire con chi stare e cosa fare, almeno in quel periodo? Lo avrebbe messo dalla parte giusta adesso che c'era una complicata, spesso incomprensibile, situazione politica? Mai come ora sentiva l'esigenza di un orientamento, di qualcuno che, trasmettendogli stima e considerazione per le sue capacità, gli mostrasse la strada da seguire. Ne aveva bisogno, proprio lui che possedeva l'innata vocazione di mettersi dalla parte sbagliata, non per superficialità o sbadataggine, ma solo per una questione di stile, disgustato ogni volta da quel senso di superiorità morale che esibiscono coloro che si mettono dalla parte giusta. Gli si presentava adesso l'occasione di far parte anche lui di quella compagnia di eletti, se soltanto avesse accantonato prevenzioni e snobismo culturale.

Senza alcun dubbio, Valerio si sentiva innanzitutto un musicista e considerava il rispetto, quasi religioso, per l'arte la stella polare che orientava la sua moralità: con coerenza, rifiutava perciò i compromessi e le scelte di campo che mettevano in discussione la sua morale. Ma allora, se questo era il modo in cui vedeva se stesso e il proprio mondo, non era inutile spendersi in politica che per definizione è l'arte del compromesso? Doveva con franchezza ammettere che l'ansia di onorare la propria moralità gli aveva complicato e reso infelice l'esistenza, invischiandolo in un groviglio di conflitti, in cui si attorcigliavano (senza lasciargli intravvedere soluzioni positive) l'amore per Milena e per sua figlia, per la musica, la sua terra e la sua città e anche per quelle facili seduzioni a cui non sapeva rinunciare.

Dopo tutto, cosa aveva ottenuto? Era finita a gambe all'aria la famiglia, era entrato in crisi il lavoro, e lo stesso impegno politico era tormentato da continui ripensamenti e revoche. Si accorgeva che il rigore con cui difendeva ideali e passioni lo aveva rinchiuso in una visione della politica in cui la sua moralità era diventata una professione di fede per la parte sbagliata: un bel risultato davvero!

22

I giorni che seguirono furono difficili per le decisioni che Valerio doveva prendere; si sentiva solo, senza amici che potessero aiutarlo. L'abitudine da poco ripresa di uscire di casa al mattino e scambiare al caffè qualche opinione sullo sviluppo della guerra e le condizioni della città era tornata a essere saltuaria. Con qualche scusa, non frequentava più, se non raramente, il gruppo di lavoro politico per non rivelare il suo contatto con Ranković, non sapendo come egli stesso si sarebbe comportato. Regolarmente si vedeva con i giovani e con Lorenzo per lo studio del loro concerto da camera, ma ciò accadeva solo una volta alla settimana. Trascorreva sempre più tempo con Sylva, e ogni occasione era buona per farle interrompere il lavoro e parlare con lei, talvolta costringendola anche a sedersi al pianoforte per darle qualche lezione. Un ripiego, un piccolo soccorso senza importanza che poteva chiedere a Sylva per fronteggiare le difficoltà emotive del momento. Ma con sincerità doveva ammettere che, se la sua presenza lo aiutava ad alleviare la tensione che stava vivendo dopo l'incontro con Ranković, d'altra parte il piacere di attendere al mattino il suo arrivo e poi la sua costante vicinanza mettevano alla prova il suo equilibrio sentimentale.

La musica possiede una magia che incanta, e il musicista ha su tutti un grande vantaggio nell'arte della seduzione: poi dipende da lui come usare quell'arte. Ai suoi segreti, Valerio era stato iniziato da Lorenzo, imparando, grazie ai fantasiosi insegnamenti dell'amico, una tattica molto in sintonia con il suo carattere: l'accostamento.

L'accostamento non si doveva confondere con l'aggancio vero e proprio di una ragazza, con il suo abbordaggio considerato volgare e banalmente spregiudicato. L'accostare e l'essere accostato rappresentavano una forma più evoluta di avvicinamento senza invadenza, uno sfioramento materiale e simbolico del corpo.

L'amore è un'altra cosa, è una storia imprevedibile – non importa se lunga o breve – in cui è protagonista la vita nella sua assolutezza, senza reticenze, senza cautele: un'immersione nella profondità del proprio cuore. L'accostamento, invece, non lascia traccia, semmai soltanto un ricordo avventuroso, piacevole o sgradevole, non ha importanza. L'amore lascia il segno, cambia la vita, e questo cambiamento lo si porta con sé anche incontrando un nuovo amore. L'unica storia d'amore in cui Valerio aveva trovato il ruolo di protagonista era stata quella con sua moglie Milena, e anche quando il tempo aveva deciso di farli vivere separatamente, per lui amore continuava a essere quella storia.

L'accostamento, però, era un'occasione per coltivare quel sottile piacere che comporta uno scambio insinuante degli sguardi, un sorriso strappato, una promessa d'incontro senza conseguenze. La complessa ritualità dell'accostamento consentiva a Valerio di guardare avanti, senza perdersi, con un impegno sentimentale lieve, mai fuori controllo.

Era indiscutibile che Lorenzo avesse messo a punto la tattica dell'accostamento stanco di continuare a rovinarsi la vita, perché se c'era nel suo ampio raggio d'azione una ragazza che gli avrebbe rovinato la vita, lui, senza incertezze, la prediligeva. L'accostamento gli aveva permesso di prendere un'accettabile distanza dall'immediato coinvolgimento sentimentale e risparmiarsi qualche inutile errore. Forse perché Valerio era sempre stato fianco a fianco con Lorenzo nel mettere in pratica quella tattica del cuore, adesso, solo a tu per tu con Sylva, s'accorgeva che l'accostamento non procedeva rispettando le vie convenzionali, ben collaudate, che non volevano variazioni e fantasie. Con la sua presenza continua e discreta nella casa, la ragazza non tanto sfuggiva all'accostamento, quanto era lei stessa a controllarne gli effetti e a metterlo a sua volta in pratica quando e come voleva.

Talvolta si mostrava scrupolosa nel lavoro e rifiutava l'attenzione di Valerio, in altre circostanze lasciava intendere che solo per educazione corrispondeva ai desideri del padrone di casa d'intrattenersi con lui, chiacchierando o suonando il pianoforte. Allora si toglieva il grembiule, si aggiustava il vestito, allo specchio si sistemava l'acconciatura dei capelli: con questa semplice ritualità, con cui sottolineava il suo cambiamento di ruolo, stabiliva, a suo piacere, il tempo del lavoro domestico e quello dell'accostamento a Valerio.

Lui, immancabilmente, era preso alla sprovvista: la tattica tradizionale prevedeva il controllo, non l'essere governato. Disorientato, perplesso, forse anche imbarazzato nel parlare a Lorenzo di quello che gli succedeva, cercava un suo consiglio per farsi correggere dove sbagliava, valutando gli scarsi risultati che otteneva. Valerio decise, allora, di accantonare il copione messo a punto dall'amico e di agire di testa sua.

Aveva un argomento credibile – e la ragazza non poteva pensarlo pretestuoso – per rivedere con una propria interpretazione le teorie sentimentali di Lorenzo e riprendersi il controllo della situazione. Dopo l'incontro con Anton Ranković, con molta cautela Valerio aveva cercato nuove informazioni su di lui, ma ancora una volta senza venire a sapere niente di più di quanto era già a sua conoscenza. Solo Sylva poteva nuovamente essergli d'aiuto. Con un contegno distaccato, quasi fosse un'inutile curiosità, le chiedeva sempre più di frequente di sospendere i lavori di casa, sedersi in poltrona di fronte a lui e parlargli del patrigno e della sua famiglia. Per dare al colloquio la direzione desiderata, accennava alcuni passaggi dell'incontro con Ranković, sottolineando ad arte la gravità dei problemi trattati e impegnandola alla massima riservatezza. Si guardava bene dal dirle ciò che veramente gli aveva chiesto il suo patrigno, compiacendosi di costruire intorno a lei una ragnatela di domande e risposte con cui trattenerla e liberarla quando voleva. Sylva, gratificata dal sentirsi responsabile di confidenze tanto importanti, appena Valerio l'avvicinava per chiederle qualche notizia si metteva subito a sua disposizione per cercare di soddisfare le sue richieste: le poltrone del salotto, una di fronte all'altra, erano diventate una specie di sede ufficiale per lo scambio di opinioni, e spesso la ragazza neppure si toglieva più il grembiule per essere immediatamente disponibile a conversare con Valerio. Col passare dei giorni, l'atteggiamento disinvolto con cui proprio lei aveva imparato a giocare con la tattica dell'accostamento, svaniva: adesso, invece di esserne orgogliosa, la conoscenza di notizie segrete la preoccupava, perché non si sentiva all'altezza della fiducia che le dimostrava Valerio. Era tornata la ragazza timida di un tempo, accrescendo la dolcezza della sua immagine e creando disorientamento in Valerio che, se da un lato voleva continuare a vedere in lei una persona di fiducia capace di dargli importanti informazioni, dall'altro era dispiaciuto di perdere la sua disinvolta leggerezza.

La musica era stata all'origine della loro confidenza, e dalla musica Sylva doveva ricominciare per ritrovare con lui una discreta intimità. A Valerio piaceva vederla suonare, insisteva perché si mettesse al pianoforte, desiderava che vincesse la timidezza divenuta, più di prima, uno schermo che li separava. All'inizio aveva anche pensato che la ritrosia di Sylva fosse studiata, fosse un modo per celare la soddisfazione di sentirsi al centro della sua attenzione e, a lungo andare, per usare qualche sua iniziativa politica da passare al patrigno. Ma quel sospetto non riusciva a radicarsi nelle sue convinzioni: Valerio si sedeva al piano accanto a lei, la correggeva, soprattutto cercava di comunicarle la passione che doveva esprimere nell'esecuzione di un brano. Tuttavia in lei non c'era passione, soltanto tecnica, come se soltanto la precisione, la ricerca della perfezione formale, la coinvolgesse. D'altra parte aveva buoni motivi per mettere da parte emozioni e sentimentalismi. Anche in quella confidenza con Valerio, si sentiva comunque studiata ed esaminata dal maestro, al quale voleva dimostrare, con un po' di civetteria, la sua abilità: il troppo colore all'interpretazione poteva apparire ridicolo per una dilettante.

Valerio non si dava per vinto, continuava a insegnarle con molto impegno il modo corretto di suonare per esaltare la passione del testo: era evidente che tanta ostinazione andava oltre la spiegazione di come eseguire le note dello spartito, tradiva piuttosto il desiderio d'infondere nell'anima di Sylva quel fuoco che non trovava in lei, nel suo modo d'essere, di pensare, di vivere.

Poi presero a fare qualche passeggiata. Valerio non voleva farsi notare per Zara con quella ragazza che, sconosciuta a tutti, poteva destare curiosità. Non aveva niente da nascondere: chi lo frequentava sapeva che era separato dalla moglie, ma la città era piccola e il piacere del pettegolezzo una caratteristica della società veneta da cui Zara non si differenziava. Semmai lo preoccupava la possibilità che la gente, incuriosita dalla presenza di Sylva accanto a lui, ricostruisse il loro rapporto: la ragazza era arrivata nella sua casa per lavorare; sarebbe dovuta rimanere per un periodo limitato; la vedevano ora a passeggio con lui; era per di più croata, il che generalmente tra gli italiani generava sospetti e indiscrezioni. Sylva era educata, e la timidezza aumentava il suo riserbo, Valerio però temeva che dal comportamento della ragazza trasparisse il motivo del proprio interesse, e in un momento delicato come quello che stava attraversando, in cui doveva prendere decisioni importanti, non poteva permettersi che su di lui si facessero insinuazioni di alcun tipo.

Valerio, per carattere, rifiutava con risolutezza qualsiasi costrizione, e lo inquietava l'idea di non poter uscire di casa per prudenza. La presenza di Sylva era diventata un'occasione per ritrovare il suo equilibrio, ma adesso la condizione di recluso lo portava indietro, imponendogli il disagio di uno stato emotivo che pensava superato.

Non c'era solo Zara per uscire all'aperto, c'erano i borghi oltre il canale al di là del porto, si poteva prendere il vaporetto e lasciare la città. Un compromesso accettabile. Camminare per Ceraria, Barcagno non era piacevole come attraversare le callette e i campi di Zara, non si coglieva il fascino veneziano interpretato con originale fantasia da quella piccola città sulla riva dell'Adriatico, ma là, comunque, era assicurato un anonimato che non si poteva trascurare.

Un giorno, per caso, Sylva lasciò passare il tempo

seduta accanto a Valerio su una panca del vaporetto, parlando del suo futuro. Si distrassero, non scesero a Barcagno, dove di solito incominciava e finiva la loro passeggiata. Il battello proseguì verso Puntamica, mentre Sylva raccontava di voler studiare per fare l'infermiera: i soldi che stava guadagnando le sarebbero serviti a quello scopo, aveva in progetto di procurarsi altro denaro, ce ne voleva di più, ma era complicato, difficile da realizzare. Valerio avrebbe voluto aiutarla, ma non era semplice e i tempi non erano favorevoli. Qualcosa si poteva fare, avrebbe parlato a un amico influente, doveva avere fiducia in lui. Strano. Per la prima volta Sylva raccontava di se stessa e di un futuro lontano da Valerio: nella sua casa era come se non avesse una storia, erano cancellati il passato e il futuro, esisteva soltanto il presente, dedicato completamente a Valerio, che si accorse di questa insolita confessione. L'offerta di aiuto e la richiesta di fiducia erano sincere ma non disinteressate: una dichiarazione di disponibilità per non pensare di essere allontanato dalla sua vita.

Il vaporetto terminò la sua navigazione a Puntamica, il capolinea. Qualche volta Valerio aveva attraversato il paese in bicicletta, ma non gli era mai capitato di passeggiare lungo il piccolo porto, formato da un'insenatura naturale, o per le viuzze dell'interno. Sylva, invece, conosceva bene quei luoghi: era stata a servizio da una famiglia che abitava in una villa in stile coloniale, circondata da un giardino. La ragazza portò lì Valerio per mostrargli le aiuole fiorite che aveva seminato proprio lei. Si rammaricò non vedendole belle come le aveva lasciate, girò intorno alla casa per trovare la grande voliera con i pappagallini, ma non c'era più.

Il paese aveva una grazia che Valerio non conosceva e che Sylva gli faceva scoprire, con un nuovo scambio di ruoli in cui era lei a decidere. Camminarono lungo la riva del mare, guardando le barche ormeggiate; i pescatori riordinavano le reti, sceglievano i pesci da mettere nelle cassette per portarli a vendere. Valerio aveva preso Sylva sottobraccio, ma all'improvviso quello strano idillio, nato dall'abile tecnica dell'accostamento inventata da Lorenzo e corretta da lui, vacillò a una precisa domanda della ragazza:

«Ranković vuole sapere cosa hai deciso.»

23

Il gioco era finito. Sorpreso, Valerio osservò Sylva che gli aveva parlato continuando a guardare il mare. Gli sembrò un'altra persona, in un istante era tornata la donna che veniva in casa sua per le pulizie. Forse era una spia incaricata di controllare i comportamenti di una futura spia. Voleva sbagliarsi: non poteva una sola frase portargli via quella Sylva che desiderava. Oppure era tutto falso, si era ingannato fin dall'inizio, anche se non riusciva a cancellare quell'immagine di purezza che ancora coglieva osservando il suo volto.

Seduti su una panchina di pietra, guardando le ultime barche da pesca arrivare nel porto, Valerio non le rispose, e pareva che anche Sylva non si aspettasse una risposta, come se avesse fatto quella domanda per caso o costretta, senza l'intenzione di conoscere il pensiero di Valerio.

«Devono aver pescato bene» le disse, interrompendo una silenziosa tregua che non poteva durare più a lungo. «Le barche stanno rientrando tardi. Il mare è calmo, poco vento.»

«Non so niente di mare e di pesca... Pensa che non ho mai mangiato il pesce» gli rispose con un sorriso che riuscì ad allentare la tensione.

«Com'è possibile: vivi sul mare... Non dirmi che non ti piace.»

«Davvero, non l'ho mai mangiato. E poi noi non viviamo sul mare. Sì, è vicino, ma noi siamo gente di campagna e mangiamo carne. Capretto, polli, maiale... mai il pesce.» Sylva non aveva perso il sorriso e contagiò Valerio con il suo buonumore.

«Un giorno ti porterò io in una bella trattoria e vedrai come ti piacerà. Anche qui, passando prima, ne ho viste di simpatiche» le disse.

«Un giorno...»

«Non sarà possibile?» Valerio aveva colto la malinconia di quella breve risposta. Un sentimento autentico? Stava recitando, nascondendogli la verità? Avrebbe preferito credere nella sua malinconia, ma ormai il sospetto si era insinuato nei suoi pensieri.

«È stato tutto così strano» rispose lei senza rivolgergli lo sguardo, osservando incuriosita le barche da pesca che tornavano da lontano.

«Cosa c'è di strano?» le chiese Valerio.

«Non l'avrei immaginato. Non capisco. Questa confidenza... Sono venuta a lavorare a casa tua, e adesso sono qui... come una persona qualunque... no, come un'amica.» Distolse lo sguardo dal mare. A Valerio sembrò che avesse gli occhi lucidi, voleva credere che i suoi occhi fossero velati dalle lacrime, voleva credere alla sua sincerità.

«Come mai ti vengono adesso questi pensieri?» le domandò, senza tradire nessuna emozione. Sylva gli apparve smarrita, in cerca di una risposta che non trovava. Rimasero in silenzio; Valerio non aveva nessuna intenzione di insistere, avrebbe preferito lasciar cadere il discorso, parlarle di musica, suggerirle di rimanere insieme ai suoi amici quando venivano a casa per le prove del concerto. Sylva, invece, gli rispose: «Quei pensieri li ho sempre avuti... sì, quasi sempre».

«Perché eri indecisa se venire o no da me?»
«Come, indecisa? Per fare le pulizie?... La zia deve farsi curare, sta via per un po'... La sostituisco... Non è così?» Sembrava davvero disorientata da quella domanda.
«E basta?»
«Non capisco... Per lavorare, guadagnare, i soldi restano a me... così mi ha detto zia Raissa.» Era agitata, pensava di aver fatto qualcosa di sbagliato a cui doveva rimediare.
«I soldi per studiare da infermiera. Ti bastano quelli che ti do io?»
«No, ma continuerò a lavorare... mi aiuteranno.»
«Chi ti aiuterà?»
Sylva era troppo semplice nelle risposte per non fargli credere che stesse fingendo, nascondendo la verità. «I miei parenti» gli rispose come se fosse la cosa più ovvia.
Valerio la trascinava in un dialogo di cui stava perdendo il significato. Doveva decidersi a interromperlo mostrando a se stesso di non dubitare di Sylva, ma proprio l'ingenuità della ragazza lo rendeva sempre più sospettoso e infastidito dall'incapacità di scoprire cosa gli nascondesse, e se realmente gli nascondesse qualcosa.
«Tutto normale, insomma: la zia malata, la sostituzione, il lavoro da me, i soldi per studiare...»
«Sì» lo interruppe lei con una decisione che sorprese Valerio. Era risentita: cosa c'era d'incomprensibile? Poco prima gli aveva spiegato come avrebbe usato i soldi guadagnati da lui, e il motivo per cui era venuta a lavorare a casa sua non era certo un mistero. «Sì, certo, poi non è andata come credevo, non immaginavo...»
Questa volta fu Valerio a interromperla: «Cosa non immaginavi?».
«Tu, io, qui così, insieme. Insomma, dimmi tu se è normale. Io stavo al mio posto. Mi preoccupavo di pu-

lire bene la casa e che il mio padrone fosse soddisfatto. So di aver sbagliato all'inizio, quando mi sono messa al pianoforte, pensando di non essere sentita. Ho sbagliato ancora? Che domande mi fai?» Il tono della voce adesso era esitante.

«Sei stata tu a farmi una domanda.»

«Io?» Sylva era intimorita, credeva davvero di aver fatto qualche errore, di aver offeso inavvertitamente Valerio.

«Mi hai chiesto se avevo preso una decisione» le rispose con l'intenzione di eliminare da quel dialogo allusioni che stavano portando la conversazione in un vicolo cieco.

«È stato Anton, Anton Ranković a chiedermi di domandartelo. A me non interessa.»

«Non ti interessa sapere cosa ho deciso?»

«No, proprio no. Non so neanche cosa dovresti decidere» gli disse, ritrovando in se stessa un po' di sicurezza. Poi, dopo qualche istante: «Mi credi bugiarda, vero?».

Valerio scosse la testa, in silenzio. Aveva pensato di essere abile a sufficienza per scoprire, tra le pieghe di quel dialogo, quale fosse il ruolo di Sylva in tutta la vicenda, magari ricorrendo a qualche frase un po' ambigua, a doppio senso, a un'insinuazione... ma non aveva raggiunto lo scopo e aveva offeso la ragazza. Era imbarazzato: aveva fallito, incapace di metterla alle strette per conoscere la verità sul suo rapporto con Ranković e capire se facesse parte del suo gioco o ne era del tutto estranea: dopo tanti sospetti non chiariti, ora non immaginava come ritrovare la sua fiducia.

«Digli che va bene.»

«Cosa va bene?»

«Non ti preoccupare. Digli che sono d'accordo. Lui capisce.»

24

Passavano i giorni, Valerio non aveva ricevuto nessuna risposta alla sua disponibilità, neppure un cenno da parte di Sylva che gli facesse capire come comportarsi. Nei primi tempi pensò che Ranković si fosse dimenticato di lui o che la ragazza non gli avesse riferito il suo messaggio: una possibilità che lo rasserenava. Poi, cominciò a supporre che non ci fosse niente di vero nella richiesta di reclutarlo come informatore, ma allora che senso aveva tutta quella messinscena con l'ambasciata di Sylva per stabilire un contatto col patrigno, l'incontro, l'attesa per conoscere il suo parere... una situazione confusa che lo turbava. Forse era lui, invece, a essere spiato; Ranković voleva usarlo a sua insaputa: in che modo non riusciva a immaginarlo, però quale altra sensata spiegazione poteva darsi? In quell'epoca di sospetti non era fantasiosa ogni supposizione sulle ambiguità dei comportamenti delle persone.

Avrebbe voluto affrontare l'argomento con Sylva, ma con lei stava ritrovando l'equilibrio dei giorni migliori, aveva perfino ripreso con molto tatto la piccola ritualità dell'accostamento, rinnovata e collaudata nei dettagli.

Prima rasserenato dal silenzio di Ranković, poi turbato, adesso voleva liberarsi dalla soggezione psicologica in cui l'aveva costretto da un po' di tempo tutta quella storia di spionaggio: doveva fare la spia senza sapere niente di ciò che sarebbe stato il suo compito. A rifletterci, una storia senza capo né coda.

La prima reazione emotiva di Valerio fu nei confronti della sua città: Zara era stata esclusa per motivi di prudenza dalle sue passeggiate con Sylva, ora invece doveva accoglierli. La gente poteva immaginarsi quello che voleva, lui comunque avrebbe fatto ciò che voleva. Tuttavia la decisione, che a Valerio era sembrata tanto spregiudicata, fu ridimensionata da un po' di buon senso: intanto, per incominciare a muoversi per Zara con la ragazza, poteva bastare una breve passeggiata, fino a piazza Crispi, dove c'era un bar con un giardinetto molto grazioso da cui si poteva vedere il mare.

Ci andavano nell'ora più calda della giornata, facendo sempre la stessa strada, ordinando sempre la stessa cosa da bere. Un'abitudine rassicurante che secondo Valerio aiutava a non destare curiosità, che non richiedeva troppi sforzi di fantasia su dove andare, che non provocava né in lui, né in Sylva alcuna emozione.

Di certo, era già capitato che, seduti all'aperto, sentissero arrivare la brezza del mare attraverso i rami degli alberi e che quel vento leggero scompigliasse i capelli di Sylva, lasciandoli scivolare sul suo viso. Ma non era mai capitato che Valerio li scostasse con delicatezza dalla sua fronte, toccandola con un gesto affettuoso. Fu un istante: forse lui fece quel gesto senza pensarci, senza intenzione, ma proprio in quell'istante cambiò qualcosa nella vita di Sylva in un modo che lei non avrebbe immaginato.

Una carezza, sfuggita a Valerio con tanta spontaneità, in quell'occasione così semplice, le bastò per sentirsi attraente e libera di essere ammirata. Da quel giorno, il loro mondo sentimentale fu diverso, anche se niente era cambiato nei loro comportamenti. Perfino le abitudini rimasero le stesse. Ma mutarono le piccole percezioni, gli sguardi, i sorrisi, i segni di malinconia: relazioni senza l'evidenza di tracce reali; la tattica dell'accostamento era definitivamente archiviata.

Sylva divenne meno riservata: raccontava come immaginava il suo lavoro di infermiera, parlava degli amici che incontrava di domenica, dei balli mai fatti che le amiche più avanti negli anni favoleggiavano, del fratellino che aiutava a studiare. Sapeva incuriosire Valerio, e questa consapevolezza, segretamente, la esaltava, affascinata dall'idea di passare del tempo con quell'uomo silenzioso ed enigmatico, molto più maturo di lei.

Le donne vogliono trovare negli uomini quello che desiderano, almeno all'inizio, quando è ancora fluida e indecisa la relazione sentimentale. Adesso anche Valerio si chiedeva se non stesse confondendo il desiderio con la realtà. Un errore che prima non gli era mai stato difficile evitare: un po' di vanità fa bene a un artista per credere in se stesso, soprattutto a un pianista quando in solitudine prepara un concerto. Anche la vanità di vedersi attorniato da un discreto corteo femminile con il suo variegato catalogo di emozioni: venerazione, ossequio, ammirazione. E poi amore, devozione.

A tante lusinghe Valerio rispondeva con la collaudata tattica dell'accostamento che gli dava la certezza di avere sempre la situazione sotto controllo. Ma l'amore è un'altra cosa, manda in frantumi l'accostamento e non lascia difese. Era bastata una carezza, la mano che scosta i capelli scompigliati dal vento, a confondere quella differenza che dà tanta sicurezza? Un errore clamoroso nell'accostamento? Un desiderio confuso ingenuamente con la realtà?

La purezza di quella ragazza era ciò che affascinava Valerio, quell'immagine della femminilità che poco aveva conosciuto in altre donne e che solo una volta gli era riuscito di scorgere: anni prima, alla festa degli universitari di Ca' Foscari, quando, per caso, gli era apparsa Milena. Ma qualcosa d'inatteso era accaduto quel giorno a quel tavolo del bar in piazza Crispi, dove tra i rami degli alberi arrivava il vento del mare. Si era aperto un altro scenario che non lasciava capire come avrebbero recitato i protagonisti.

Il cameriere li raggiunse portando due tazze di tè. I capelli di Sylva non erano più scompigliati sulla fronte, la mano di Valerio che li riordinava si era ritirata, ma per qualche istante ancora Sylva riuscì a credere in una vita diversa, fino ad allora impossibile da immaginare, avvicinandosi a un'idea d'esistenza che non si era mai permessa di sognare.

Nessuno dei due parlava, quasi immobili sulle loro sedie mentre l'inatteso groviglio di emozioni si stava sciogliendo. I capelli biondi di Sylva giocavano col vento, catturavano la luce del sole che andava e veniva tra le nuvole, i suoi occhi scuri avevano una luminosità che sfidava il chiarore di quel limpido pomeriggio. Valerio guardava il suo volto libero dal velo di pudore che l'aveva sempre costretta a schermirsi quando si sentiva osservata. Non si era mai soffermato a osservarla con tanta intensità. La sua attenzione era di solito rapida, quasi sfuggente, per evitare l'imbarazzo di sguardi che s'incontrano, sempre di nuovo sorpreso da quello strano contrasto tra la delicatezza del viso e la durezza dei singoli lineamenti, come se l'insieme non fosse composto dalle parti: gli zigomi un po' sporgenti sottolineavano l'incavo delle guance, il mento sfuggente era impreziosito da una piccola fossetta, ed era difficile capire quale dovesse essere la giusta proporzione del naso. Ma gli occhi, quando alzava lo sguardo, erano meravigliosi.

Anche Valerio s'accorse di un'inconsueta attenzione di Sylva, come se lo stesse osservando per la prima volta. Si sentì catturato da un legame pericoloso che lo contrariava, quasi non fosse capace di svincolarsi: era innegabile che stessero affiorando dalla profondità della sua anima emozioni già vissute con lei che non aveva voluto ammettere, negandole a se stesso.

Con il pretesto del vento, sempre più insistente, si alzò, le prese la mano, e lei gliela strinse con una forza coraggiosa, senza certezze. Tutto stava per finire, o tutto sarebbe continuato non diversamente da prima, senza futuro.

Come prevedibile, prevalse questa seconda ipotesi. Era il tempo in cui per Valerio progettare il futuro era impensabile, e soltanto immaginarlo lo riempiva d'angoscia: con questo stato d'animo, disilluso – talvolta perfino disinteressato – verso ciò che sarebbe potuto accadere nella sua vita sentimentale, riuscì a mantenere quell'equilibrio emotivo tra sé e Sylva, basato sul compromesso con cui si evitano spiegazioni e interpretazioni che possono riguardare le reazioni affettive.

Sylva, con serenità, accettava il suo destino svuotato da ogni progettualità, sapeva di potersi risvegliare l'indomani e non rivederlo mai più. Tutto dipendeva da Valerio che, pur consapevole del peso delle sue decisioni, era tuttavia disposto a tollerare con fatalismo l'eventualità che lei non tornasse più nella sua casa. Le passeggiate erano diventate sempre meno frequenti, non tanto per sfuggire agli sguardi e ai pettegolezzi della gente, quanto per proteggersi dagli imprevisti, da piccole circostanze che potevano far perdere inutilmente del tempo, e così, quando uscivano di casa, era sempre un'occasione considerata una necessità e vissuta come un'avventura.

Ripresero a guardare la città dall'altra parte del porto: era più riposante, e a Zara non avevano niente da fare. Prendevano il vaporetto in Riva 4 Novembre, si sedevano a poppa nelle ultime file dei sedili di legno, e dalle ampie vetrate vedevano allontanarsi le mura di Zara, interrotte dalla macchia verde del giardino che separa Porta Marina dalla Porta San Rocco, e, più avanti, dalla schiera ordinata di case da cui spicca il campanile del Duomo con il suo grande orologio.

Scendevano, quasi sempre, a Ceraria, s'incamminavano per la Riva Cristoforo Colombo: lontano, dall'altra parte del canale, Zara pareva un ricamo di pietra delicatamente adagiato sul mare. Di qua, lungo la Riva, le palazzine in stile *fin de siècle* dei Vlahov, dei Custich, dei Luxardo con la loro rassicurante immagine della buona borghesia zaratina che aveva preferito abitare più appartata e tranquilla, lontana dal clamore della città.

Un giorno Valerio e Sylva vennero circondati da alcuni ragazzi – a giudicare dai loro vestiti, non erano certamente figli degli abitanti di quelle case – che con molto baccano, quasi aggredendoli, cercavano di impedire loro il passaggio. Si spaventarono, per un momento pensarono a qualcosa di grave da dover fronteggiare, poi si chiarì tutto rapidamente: stavano invadendo il campo di gioco di quei ragazzi, impegnati in una gara a "spagnamuro". Dopo averli allontanati, uno di loro si avvicinò a Valerio per chiedergli di fare da giudice imparziale sulla posizione delle monete. Ma Valerio non era un buon giudice, era impreparato: quel gioco non l'aveva mai fatto, la sua educazione non gli aveva permesso di andare per strada a giocare con chiunque. Fu Sylva ad aiutarlo, gli spiegò che vinceva chi riusciva a lanciare una monetina da dieci centesimi il più possibile vicino a un muro, distante due o tre metri, senza toccarlo. Ma quell'episodio e il timore con cui all'inizio era stato vissuto ricordarono a Valerio l'ansia per una risposta rimasta in sospeso: Sylva e Ranković; davvero la ragazza poteva aiutarlo?

Sylva non si sarebbe mai permessa di dargli dei suggerimenti e di decidere sul da farsi. Valerio avrebbe desiderato una sua presenza consapevole dell'importanza di decisioni che stavano probabilmente maturando a sua insaputa e di cui forse lei era a conoscenza. D'altra parte, non si nascondeva neppure che, quando aveva sospettato che Sylva ricoprisse segretamente un ruolo nella sua ipotetica attività spionistica, l'aveva trattata con molta durezza. Si convinse che credere alla sua estraneità alle richieste di Ranković sarebbe stata la cosa migliore. Ciò che davvero apprezzava della ragazza era il comportamento disarmante, semplice, trasparente: lo rassicurava, gli dava la giusta tranquillità per continuare a vederla secondo le regole che si era prefisso, senza coinvolgimenti sensuali e senza sottintesi che potessero alludere a intenzioni sensuali. Aveva una propria indiscutibile percezione della purezza di Sylva che lo distoglieva da qualsiasi desiderio erotico: era assolutamente convinto che ci fosse verità, nessuna finzione o costrizione nel suo modo d'essere.

Sylva, pur non avendo la timidezza di un tempo, conservava un po' di soggezione nei confronti di Valerio: poco desiderava, se non le sue attenzioni e le sue parole. Poco, ma per lei era già un mondo abbastanza grande: si fidava di lui, era diventata la sua confidente, tra loro non c'erano sottintesi, e Valerio ricambiava i suoi sentimenti (pensava di ricambiarli) con la stessa semplicità, cercando di non contaminare la sua purezza, premuroso e cauto, affinché Sylva non diventasse un'opportunità per recuperare quello che aveva perduto.

Tra loro, avevano abolito anche la musica. Quando in casa c'era Sylva, il pianoforte rimaneva chiuso: la musica riempiva la stanza di desiderio, avrebbe ricordato l'origine della loro relazione, ed era difficile respingere la magia delle emozioni quando Valerio suonava con lei accanto, oppure eseguivano un brano a quattro mani e, fianco a fianco, i loro corpi si sfioravano. Una decisione precaria che poco cambiava e, semmai, tradiva le molte incertezze.

Venne in soccorso Ranković a preservare l'equilibrio sentimentale voluto da Valerio, a cui Sylva s'adeguava di buon grado. L'occasione fu un messaggio che gli portò la ragazza.

25

Quella mattina Sylva era arrivata a casa di Valerio senza il solito sorriso, preoccupata dell'incarico delicato che le era stato affidato, a cui doveva prestare la massima prudenza. Con un po' di affanno, aveva cercato nella sua borsa un astuccio e, dopo averci frugato dentro, ne aveva estratto un foglio, nient'altro che la pagina di un taccuino piegata in quattro.

«Un segreto, chissà cosa ci sarà scritto» le disse Valerio mentre l'apriva.

«È di Ranković.»

«Lo immaginavo» le rispose senza alzare gli occhi dal pezzo di carta e continuando a leggere. «Tanta cautela e precauzioni: non era più semplice che tu mi riferissi a voce quello che voleva dirmi?»

«Mi ha dato quel foglio per te. Non gli ho fatto domande... non gli faccio mai domande. Mi ha detto che dovevi leggerlo con attenzione, imparare a memoria quello che c'è scritto, stracciarlo e poi buttarlo via.»

«È arrogante» disse Valerio, scorrendo il messaggio. «Pretende che vada ancora da lui. Se lo scorda, non ne ho nessuna voglia. Digli che venga questa volta lui qui, se vuole parlarmi. Non a casa mia, un posto un po' fuori mano lo troviamo. Proprio un prepotente.» Ripiegò il foglio e se lo infilò in tasca.

«Non lo stracci?» gli chiese Sylva con apprensione.

«No, per ora. Riferiscigli quello che ti ho detto: il viaggio fino a casa vostra non lo faccio per nessuna ragione al mondo. Non si preoccupi del fatto che possiamo parlare senza dare nell'occhio anche qui. Me ne occupo io.»

«Scrivilo, per favore. Potrebbe non credermi... pensare che non ti ho dato il messaggio» gli disse Sylva quasi supplicandolo.

Dopo quello scambio di messaggi, passarono giorni senza che arrivassero nuove informazioni. Nessuna risposta da parte di Ranković. Del suo atteggiamento, Valerio incominciò a lamentarsi con Sylva: «Un borioso, uno strafottente» le diceva. «Se crede che stia ai suoi comandi, ha sbagliato persona.»

In realtà era preoccupato, quell'attesa gli metteva ansia, gli rincresceva avergli dato la sua disponibilità e si pentiva di tutto, dal primo momento in cui aveva accettato di andare da lui fino al suo ultimo messaggio senza risposta. Con Sylva ostentava sicurezza e disprezzo verso il suo patrigno: inconsciamente si augurava un suo interessamento per sbloccare quella situazione d'attesa. Le parlava degli incarichi politici che aveva già svolto in passato, ingigantendone l'importanza e i rischi, delle decisioni che presto avrebbe dovuto prendere, pressato dagli amici che auspicavano il suo intervento, e di altre rischiose operazioni assolutamente inesistenti. L'intenzione era di suggestionare Sylva, creandole un'immagine della propria autorevolezza politica che lei non aveva ancora del tutto conosciuto. A che scopo? Credendo che con il patrigno parlasse di lui, non gli dispiaceva che mettesse in luce il suo ruolo di primo piano in un governo della città che agiva nell'ombra. Desiderio inutile, perché Ranković lo conosceva bene e non aveva bisogno di informazioni che arrivassero dalla figlia, e tuttavia qualcosa di diverso dal solito accadde.

Valerio non si risparmiava interpretazioni e valutazioni della situazione politica per mettere in luce la propria competenza e far capire a Sylva perché i suoi amici erano interessati a lui e lo volevano con loro per tante importanti iniziative. Immaginava che le sue riflessioni sull'attualità cadessero nel vuoto, supponeva che Sylva, oltre a essere incompetente, fosse del tutto disinteressata agli avvenimenti di quel tempo, e invece trovò inaspettatamente in lei un'attenta interlocutrice.

La ragazza lo sorprese per la sua preparazione. Molto informata su ciò che stava accadendo nelle loro terre, da Fiume a Pola a Zara, più di una volta fu proprio lei a dare delle spiegazioni a Valerio. Una mattina, dopo un lungo scambio di opinioni, gli disse quello che era venuta a sapere della guerriglia, ormai sempre più diffusa in Jugoslavia dopo il crollo della monarchia. Conosceva in proposito l'interesse di Valerio, che voleva comprendere quel fenomeno, decisivo per orientarsi nella confusione degli sviluppi di una guerra in cui alleanze e fronti militari cambiavano continuamente. Ascoltava Sylva con attenzione, stupito per le informazioni che possedeva, tutte, a suo parere, molto puntuali. Affascinato, la lasciava parlare: la interruppe una volta, quando lei sostenne con precisione che le azioni di guerriglia erano iniziate in Montenegro nell'agosto dell'anno precedente, nel '42. Poteva accettare la correttezza delle sue conoscenze, ma tanta meticolosità, tanto scrupolo nel riferire i dettagli di avvenimenti ormai passati, nascondeva qualcosa.

«Come fai a sapere queste cose? Chi ti dà tutte queste notizie?» le domandò Valerio.

«A casa sento sempre parlare di politica e di azioni

militari. Non si parla d'altro. Ascolto, è importante: il papà dice che dobbiamo essere interessati a quello che accade e studiare la storia per sapere chi siamo. Quando andavo a scuola, ero molto brava in storia. Una volta i discorsi politici mi annoiavano, adesso, invece, voglio imparare.»

«E dopo la ribellione in Montenegro?» le chiese Valerio come se la stesse interrogando per darle un voto. Senza volerlo, aveva assunto un'aria professorale e temeva che Sylva lo mandasse a quel paese seccata dalle sue insistenti domande, oppure, peggio, sospettasse la sua diffidenza.

Invece la ragazza si sentì lusingata di poter esibire le sue conoscenze: «Le bande. In tutta la Jugoslavia si stanno formando le bande e la guerriglia si sta diffondendo un po' dappertutto. L'esercito jugoslavo monarchico...».

«Non è più giusto dire serbo?»

«Sì: serbo.» Sylva s'interruppe, a disagio come lo scolaro che, per l'errore, si sente corretto dall'insegnante.

«Continua. Dicevi dell'esercito serbo.»

«Volevo spiegarti che le bande hanno imparato ad attaccare e a difendersi dal modo in cui l'esercito monarchico serbo combatteva nella guerra contro i turchi senza mai venire allo scoperto.»

«Volevi spiegarmi... È Ranković a dirti cosa dovevi spiegarmi?» ancora la interruppe.

«Ranković non mi ha chiesto niente. Sei tu che hai voluto sapere delle bande. Ti dico quello che sento a casa. Cosa c'è di strano?»

«No, niente. Quindi adesso è l'esercito serbo, o jugoslavo, come dicevi tu, a organizzare la guerriglia?»

«Macché esercito! Non c'è più la monarchia di Pietro II, non c'è più l'esercito serbo. Ci sono un mucchio di armi abbandonate nei campi dai militari fuggiti. Non tutti se ne tornano a casa: c'è chi invece di scappare si organizza in bande.»

Molte cose di quelle che raccontava Sylva erano ben conosciute da Valerio: continuava a interrogarla, a chiederle dei dettagli in più per cercare di capire se gli stesse nascondendo qualcosa. Tra loro non c'erano polemiche, contrasti nell'interpretazione di qualche vicenda politica o militare, tuttavia era indiscutibile che Valerio cercasse nelle parole della ragazza qualche indizio che la tradisse. Sperava che i suoi sospetti nascessero dalla propria insicurezza, ma non riusciva a convincersi che tutta la sua conoscenza storica, la sua competenza politica fossero veri interessi personali. L'aveva sempre vista sotto un'altra luce e adesso gli pareva di cogliere una nuova immagine che lo disorientava.

«I tuoi vicini croati si sono dati un governo filonazista...» gli disse Sylva.

«I miei vicini croati? Cosa ti salta in mente... Tra l'altro, non sono anche i tuoi vicini?»

«Vicini, perché voi italiani e i croati dovete convivere» replicò.

«Perché, tu non sei italiana?» le chiese Valerio, pensando di indurla a dire qualcosa di più della solita rassegna storica.

«Sì, sono una croata italiana» gli rispose con indifferenza.

Valerio non sapeva come continuare: rinunciò e si rassegnò a seguirla nel suo ragionamento. «So bene, conosco i progetti militari di Pavelić» le disse. «Se vuoi proprio saperlo, è stato il tuo patrigno a darmi una descrizione dettagliata della situazione. So anche che i cetnici, fedeli alla vecchia monarchia, cercano di proteggere i connazionali dalla minaccia croata.»

«I morti non ostacolano nessuno» gli disse Sylva con l'aria della sapiente.

«Cosa?»

«È una frase che ripete mio padre. Quello che vuole fare Pavelić è ammazzare tutti quanti lo ostacolano. Cataste di morti per risolvere i problemi della convivenza con i serbi... e con gli italiani.»

«Sai un sacco di cose, hai un bravo maestro» le disse Valerio. «Io so soltanto che siamo in mezzo a una tragedia. Croati contro serbi, cattolici contro greco-ortodossi, musulmani contro tutti.»

«Ti sei dimenticato dei comunisti» aggiunse Sylva.

«Quelli li conosci bene tu.» Se quella frase voleva essere una provocazione, la ragazza non la colse.

«Il partito comunista jugoslavo vive nella clandestinità da almeno dieci anni. Ma non so dirti di più» gli rispose.

26

Forse non c'era niente da scoprire e, comunque, il sospetto che Sylva nascondesse a Valerio la verità riemergeva ogni volta che una frase suscitava dei dubbi. Ma perplessità e timori col passare dei giorni tendevano a sparire, e il parlare di politica era diventato tra loro addirittura un gioco con le sue regole, perfino con un suo punteggio ideale: la descrizione della realtà doveva prevalere sulle interpretazioni, e queste sulle previsioni. Ma la previsione azzeccata, ovviamente in un periodo di tempo breve, dava un punteggio molto alto.

Un gioco sulla scacchiera della storia vissuto diversamente: per Valerio si trattava di un'occasione per mettere un'accettabile distanza fra sé e la drammaticità della situazione politica, nella quale, tuttavia, precipitava angosciato quando non si accorgeva di scambiare il gioco per la realtà, prendendo sul serio ciò che era soltanto finzione. Per Sylva, quel gioco della politica era l'unica, vera opportunità che le si era presentata per dimostrare a Valerio la sua intelligenza e quelle competenze storiche, di cui si sentiva molto orgogliosa. Inevitabile, quindi, che il gioco si trasformasse in un atto di fede per la propria idea di vita e di moralità.

A Valerio non sfuggiva il cambiamento impresso da Sylva al loro abituale scambio di opinioni sulle vicende politiche, in cui ormai metteva da parte la sua modestia e timidezza. Ora era diversa ai suoi occhi, cercava di guardarla come una volta, aveva nostalgia di quel tempo quando la tattica dell'accostamento – secondo la versione originale di Lorenzo – era diventata un piacevole modo per stabilire una relazione con lei. Si erano rotti i confini della purezza in cui Valerio aveva imprigionato la sua identità, pensando che, al di fuori di quelli, Sylva non potesse neppure esistere.

Nel doversi ricredere, non riusciva più a capire chi fosse realmente quella ragazza che possedeva una tale capacità di giudizio e valutazione politica: una conoscenza per nulla superficiale che poteva apprendere soltanto dalle parole di Ranković, e forse da qualcuno più esperto di lui, perché troppe volte aveva mostrato una studiata abilità nello spostare le pedine sulla scacchiera del loro gioco, mettendo in difficoltà Valerio. Nell'anima di quella ragazza adesso ci poteva stare di tutto, dalla purezza alla sporcizia, dalla fedeltà all'infedeltà, dal tradimento all'onestà, dalla malizia alla bontà, dalla furbizia all'innocenza. Questa combinazione contraddittoria di sentimenti e qualità disorientava Valerio, lo incantava e lo disgustava, e invece di prendere le distanze da Sylva si sentiva sempre più dipendente da lei.

Sylva era cambiata, come se fosse cresciuta da quando in cuor suo si sentiva lusingata dalle attenzioni di Valerio, sedotta dalla sua immagine di uomo molto più adulto di lei, conosciuto e affermato. Si erano scambiate le parti: le piaceva farsi ascoltare, era affascinata dall'idea di poter catturare il suo interesse, provando una soddisfazione particolare al pensiero che, almeno in quei momenti, lei sola era capace di coinvolgere emotivamente l'uomo che ammirava. Lei che aveva sempre vissuto con timidezza la presenza di Valerio, timorosa del suo giudizio, adesso si sentiva libera, le pareva che dipendesse soltanto da se stessa stabilire i limiti del loro rapporto. Sapeva di essere carina, un corpo ben fatto, ma l'uomo che lei venerava non era sedotto dal suo aspetto fisico, apprezzava la sua testa: ne era assolutamente convinta, neppure immaginava di poter essere una creazione del suo desiderio erotico.

Un giorno Sylva arrivò molto eccitata: alcune azioni di guerriglia nello Zermagna e a Chistagne avevano fatto numerose vittime tra partigiani, tedeschi, croati e italiani. Era stato accertato che, contro i croati ustascia, si fossero alleate bande di italiani con i partigiani comunisti. Sylva raccontava con enfasi quanto era venuta a sapere, soprattutto sottolineando a quali importanti conseguenze avrebbe portato quell'alleanza. S'interruppe, guardò Valerio indifferente alle sue parole: «Se credi di vivere in questo mondo senza farne parte, ti sbagli» gli disse.

«Ne faccio parte, purtroppo. Non ti seguo nell'entusiasmo con cui mi stai riferendo quello che è successo. Mi parli di quell'alleanza come se fosse benedetta dal cielo» le rispose senza scomporsi, abituato ormai alle sue critiche.

«Perché non dovremmo credere alla sua importanza?»

«Mah! Alleanze tra comunisti e italiani che vivono in queste terre... Sarà stato Ranković a dirti che è importante.»

«Sì, certo, lo diceva lui a un gruppo di amici che era andato a trovarlo. Io ascolto.»

«Ma non è questo il problema.»

«Perché, qual è la tua idea su quell'alleanza?» gli chiese Sylva.

«Volevo dirti un'altra cosa. Tutto quello che sta succedendo lo interpreti e lo vivi come un atto di fede. Decisioni politiche, azioni militari...»

«Sarebbe meglio più distacco, meno interesse?»

«Non sto dicendo questo. Ma una fede esagerata non è un buon compagno di viaggio per riuscire a capire le cose con la propria testa» le disse Valerio con la pacatezza di chi, dopo il rimprovero, sa di avere buone ragioni per replicare.

«Fede?» ripeté Sylva con stupore.

«Sì, meglio lasciarla alla religione, ai propri sentimenti religiosi. Mostri di credere ciecamente in quello che dici, che poi è quello che ti dicono, e quando credi ciecamente in qualcosa, questa fede toglie la prospettiva, disorienta e si cade nell'assurdo.»

«Non dovrei prendere sul serio niente?... Non sei sincero, tu non pensi così» gli disse con la convinzione di non sbagliare.

«Ti sto dicendo che esageri, che passi da un estremo all'altro. La politica non chiede atti di fede: se la vivi con questa disposizione d'animo finisci per non guardare in faccia la realtà, che scambi con le tue interpretazioni. È da sciocchi, da illusi.»

«Sarei sciocca e illusa?» gli rispose Sylva risentita.

«Per ora ancora no. Te lo ripeto: una fede eccessiva non aiuta... sia in politica che in ogni altra situazione della vita.»

27

Senza entusiasmo e con molta inquietudine, Valerio aveva incominciato la sua attività d'informatore. Era diventato una spia: una parabola non immaginabile all'epoca delle sue giovanili partecipazioni a gruppi politici studenteschi.

La prima istruzione l'aveva ricevuta da Sylva che, vivendo quel compito con grande partecipazione, gli aveva comunicato con estrema segretezza il luogo in cui si sarebbe dovuto recare per incontrare il suo contatto. Ancora una volta era arrivata in casa di Valerio con un foglietto ben nascosto, dicendogli di leggerlo e subito farlo sparire. Era eccitata nel sentirsi complice di quella nuova avventura, ma il suo compito terminò non appena ebbe consegnato il messaggio: nei giorni seguenti non aveva più ricevuto nessun incarico da svolgere, nessuna ambasciata da comunicare. Le sarebbe piaciuto avere un ruolo sia pure marginale, e nei primi tempi si mostrava curiosa di avere qualche notizia da Valerio, che lui assolutamente non dava e che lei si guardava bene dal chiedere.

Col passare dei giorni la curiosità di Sylva diminuì, fino a sparire, e incominciò a comportarsi come se avesse dimenticato l'impegno di Valerio. Arrivava di mattina, riordinava la casa, scambiavano qualche opinione sulla situazione politica, senza mai entrare nel merito dell'attività spionistica di Valerio. Non era neppure più cambiata la loro relazione affettiva, che si complicava quando in lui s'insinuava il sospetto che la ragazza non fosse sincera, quando gli sembrava troppo informata sugli sviluppi della guerra, in particolare sulle azioni militari che si svolgevano nella loro terra.

Se Valerio metteva da parte i dubbi, e Sylva gli appariva come la desiderava, allora affrontava la giornata senza particolari assilli. Ciò che più lo preoccupava non erano gli ordini di volta in volta ricevuti per la sua attività di spionaggio o i difficili contatti con Ranković, ma il comportamento della ragazza, la sua verità.

D'altra parte, le informazioni che gli venivano chieste e che lui poteva dare, gli parevano così note da avere ben poco di segreto. Riguardavano i dislocamenti del contingente tedesco in città, dove erano di stanza i comandi effettivi, i rapporti militari esistenti tra nazisti e ustascia, chi li dirigeva e quali bande si formavano ai loro ordini, dove stavano preparando le azioni di guerriglia e quando ci sarebbe stato l'attacco.

I contatti di Valerio cambiavano sempre: si trattava di persone croate, ma anche italiane, che incontrava due volte alla settimana, mai a Zara, bensì nei luoghi più affollati di Ceraria, nei caffè o agli approdi dei battelli. Lo scambio di informazioni avveniva attraverso foglietti, mai a voce: ogni volta gli veniva indicato come riconoscere il suo contatto, e quali i luoghi dell'appuntamento che, prevalentemente, erano gli stessi. Aveva ricevuto istruzioni di non ritornare subito a Zara, non conservare i messaggi e, se qualcuno avesse sospettato di lui, doveva risolutamente negare, senza dare spiegazioni.

L'incontro era sempre molto rapido, un contatto

che non consentiva nessun dialogo dopo il passaggio di mano di biglietti nell'anonimato assoluto, e infatti Valerio capiva se il suo interlocutore era croato o italiano soltanto dalla fisionomia, dal vestito, eventualmente anche dalla calligrafia con cui era scritto il messaggio, che presumibilmente non era neppure di chi glielo consegnava. Più volte aveva cercato di rompere quel muro di silenzio, gli sarebbe piaciuto intrattenersi con il connazionale – era certo di riconoscere l'italiano che di tanto in tanto gli si presentava –, ma l'unica volta che tentò di conversare fu subito zittito. Per rispettare l'ordine di non ritornare immediatamente a Zara, se ne andava a passeggiare lungo il porto, verso Barcagno. Di fronte a sé la Riva Vecchia che, come un nastro, avvolgeva il ricamo delle strette calli e delle piccole piazze della città.

Un mattino, accalorata, raggiante come il tempo che si annunciava, Sylva affrontò Valerio: «Non mi hai detto niente, perché?».

«Cosa avrei dovuto dirti?» le rispose Valerio, sorpreso e preoccupato di essersi messo in qualche situazione rischiosa, senza saperlo.

«Dove sei stato: questo dovevi dirmi» replicò Sylva non meno agitata.

«Non c'eri» disse Valerio, che incominciava capire a cosa stesse alludendo.

Da due giorni, Sylva non veniva al lavoro, e Valerio si era subito insospettito, ricredendosi appena la vide tornare piena di raffreddore e di tosse.

«Sei stato bravissimo! Autorevole, coraggioso» gli rispose.

«Cosa ne sai, non ne ho parlato ad anima viva.»

«Certe cose si vengono a sapere subito. Il nostro ambiente è piccolo» gli rispose, cercando la sua complicità.

«L'ambiente non è piccolo, è Ranković che viene informato di tutto, e tu da lui» le disse Valerio. «Naturalmente, come sempre, tu non chiedi niente ma ascolti soltanto.»

«Non vedo cosa ci sia di male.»

«Preferisco che tu stia fuori da queste cose... Comunque, dal momento che sai, sono in pericolo?»

«Noi sappiamo che hai avuto un grande coraggio.»

«Noi chi?»

«Quelli con cui lavori.»

«Pensavo che non trapelasse niente.»

«Il tuo coraggio ha oltrepassato i muri» gli disse Sylva. Aveva sostituito il tono di voce agitato con uno pieno di infantile entusiasmo. «Non si sono sbagliati a scegliere te: dove lo trovi uno che abbia un po' di coraggio.»

Era accaduto che, mentre camminava lungo il porto sulla strada di Ceraria, dopo uno dei suoi contatti settimanali, Valerio venisse fermato da due uomini molto alti, robusti. Gli ci volle poco per capire che erano croati dalmati. In un italiano stentato lo invitarono, senza troppi convenevoli, a seguirli. Per la prima volta Valerio comprese i rischi che comportava la sua attività spionistica, rischi che, se all'inizio aveva messo in conto, aveva poi del tutto cancellato dalla mente per via della routine d'incontri senza sorprese e per la facilità con cui raccoglieva notizie senza nessun apparente pericolo.

Incerto sul da farsi, consapevole di non avere alternative ragionevoli, seguì i due uomini per un tragitto che sperava breve. Invece, dopo un centinaio di metri, li aspettava una macchina ferma sul ciglio della strada. Senza tanti convenevoli, fu fatto salire su una sgangherata Fiat 1100. Sembrava già un miracolo che riuscisse a partire e impensabile che corresse senza sfasciarsi per una strada sterrata. Dopo quasi un'ora di viaggio arrivarono a Stani, un paese immerso nella campagna zaratina. La macchina lasciò il piccolo centro abitato e prese per uno stretto sentiero in cui passava a malapena. Si fermò davanti a un vecchio casolare che non sembrava abitato: il tetto era malandato, i muri sberciati, in alcuni punti dove mancava l'intonaco si vedevano i mattoni spezzati, una condotta d'acqua perdeva da più parti, formando larghe pozzanghere.

Con la stessa mancanza di cortesia con cui lo avevano fatto salire, i due uomini dissero a Valerio di scendere dalla macchina, ordinandogli di attraversare il cortile che portava nel retro della casa e di entrarci. Si trovò in una stanza disadorna, poca luce che proveniva da una piccola finestra, in un angolo un lavandino con accanto una cassapanca. Al centro un tavolo e intorno delle seggiole. Fu invitato a sedersi e ad attendere. Dopo poco arrivarono tre uomini indossando la divisa militare ustascia: presero posto, mentre pretesero che Valerio rimanesse in piedi di fronte a loro durante tutto l'interrogatorio.

Sylva ascoltava incantata come si erano svolti i fatti: sapeva qualcosa, ma niente di preciso, e non era ancora contenta di quello che le riferiva Valerio: provò a interromperlo più volte durante il suo racconto per avere altre informazioni, per conoscere alcuni particolari che riteneva importanti. Ma a Valerio sembrò già molto quello che aveva detto e cercò di cambiare discorso, almeno per prudenza.

Sylva insisteva, voleva sapere con precisione cosa gli avevano chiesto. «Ho detto che, come italiano, voglio che Zara rimanga italiana, così come la Dalmazia, l'Istria, Fiume» tagliò corto lui.

«Ti sembra tanto facile sostenere queste idee? Non mi vuoi dire altro? Non sappiamo bene cosa ti hanno chiesto, ma siamo a conoscenza di come hai tenuto testa a quella gente» lo incalzò Sylva.

«Non mi hanno fatto niente, non mi hanno mai minacciato. Sono italiano, cosa si aspettavano che dicessi, che voglio una Zara croata, tedesca, comunista?» disse, cercando di contenere l'emozione della ragazza.

«Li sottovaluti.»

«Forse. Hanno aggiunto che mi conoscono e mi tengono d'occhio.»

Se Sylva sapeva cos'era successo e, perfino, come Valerio aveva reagito, significava che ne erano a conoscenza Ranković e probabilmente persone più importanti di lui. Cosa davvero era accaduto e per quale scopo? A ben vedere un interrogatorio molto elementare, ma con una messa in scena non banale, dal modo in cui Valerio era stato contattato, al viaggio, al fatto stesso di aver scelto un luogo tanto appartato per farlo parlare. Poteva essere un trucco, uno dei tanti doppi giochi molto frequenti in quei tempi di grande confusione. E poi perché Sylva continuava a chiedergli di essere più chiaro, di spiegare meglio, perché insisteva per conoscere particolari dell'interrogatorio che a lui parevano insignificanti?

«Chiunque, al mio posto, si sarebbe comportato come me. Qualunque italiano con un briciolo di coscienza» disse Valerio, fingendo di dare la minima importanza al suo incontro con i militari ustascia.

«Chiunque?» gli rispose Sylva. «Sai cosa ripete mio padre? Dice che siamo circondati da vigliacchi, tutti pronti a grandi proclami, dichiarazioni di fede, poi quando si tratta di agire, scompaiono, non li trova più nessuno. Tu hai avuto ai suoi occhi il coraggio di dire la verità.»

«Verità è una parola impegnativa. Non è il caso di scomodarla» replicò Valerio. Nonostante affiorasse sempre qualche dubbio, era ormai convinto che Sylva non c'entrasse niente in quella storia e voleva soltanto cambiare argomento il prima possibile.

«Verità l'hai scomodata tu» continuò Sylva, coinvolta, invece, in quel discorso che sperava non finisse mai.
«No, l'ho lasciata in santa pace» le rispose, facendole credere di essere annoiato da quel dialogo.
«Allora sei stato un bugiardo? Hai mentito a quella gente?»
«Neanche questo: non ho voluto importunare la verità.»
«Importunare?... Non ti capisco. Mi stai prendendo in giro» replicò Sylva con amarezza.
Anziché cogliere l'occasione per parlare d'altro, Valerio si sentì toccato dallo sconforto della ragazza e pensò che lei avrebbe vissuto come un'umiliazione il silenzio o, peggio, il cambiare discorso. Con l'atteggiamento e il tono di chi vuole impartire una lezione, sperando di non essere contraddetto per chiudere presto e senza repliche l'argomento, Valerio incominciò a sentenziare: «Quando ci si mette nella condizione psicologica di dover dire la verità a qualcuno, significa che lo si rispetta. Significa che si è disposti a fare con lui una conversazione vera, senza giri di parole. Per quegli uomini che m'interrogavano in quel casolare, in quel modo tanto ignorante quanto volgare, non avevo nessun rispetto. Quindi nessuna verità da dire».
«Allora è falso che vuoi Zara italiana, la Dalmazia eccetera?» gli chiese lei, felice di continuare a impegnarlo in quella conversazione.
«Se non dici la verità» aggiunse Valerio, «non significa che sei bugiardo. Dici soltanto qualcosa di vero, ma la verità è più complessa.»
«Un trucco, sei furbo.»
«Ma no, furbo! È come se suonassi le prime venti note di uno spartito molto, ma molto più complesso: se chi ascolta si accontenta, credendo di aver sentito e capito tutto di quel brano dalle note iniziali, sono fatti suoi.

È un ignorante a cui è inutile far sapere qual è la verità (la bellezza) di tutto il testo musicale.»

«Vedi che ho ragione? Anche così hai dimostrato coraggio» gli disse Sylva, che pareva volere l'ultima parola a tutti i costi.

Non ci fu replica, si era raggiunto il giusto equilibrio della conversazione. Valerio taceva, e anche Sylva taceva, seduti uno di fronte all'altra nel piccolo salotto. Lei si avvicinò, gli sfiorò la mano, indecisa se soffermarsi per accarezzarla. «Farò tutto per te. Correrò qualsiasi pericolo per te» gli disse con aria sognante.

28

Valerio non s'aspettava quella reazione e si sentì in colpa. A essere sincero con se stesso doveva ammettere di non aver mai cancellato il dubbio che Sylva facesse parte di un gioco architettato da Ranković per metterlo alla prova, per arrivare a incastrarlo e, una volta compromesso, usarlo senza scrupoli.

Ripercorreva la sequenza dei fatti che lo avevano portato in quel casolare vicino a Stani, come era stato fermato e fatto salire sulla macchina, l'interrogatorio, gli avvertimenti. Non c'era stata violenza, lui era riuscito a dire lo stretto necessario senza sembrare reticente. Gli era difficile immaginare che la regia del suo momentaneo arresto fosse un doppio gioco di Ranković, che gli uomini che lo avevano interrogato non fossero ustascia ma suoi emissari comunisti, che lo stesso Ranković si fosse servito di Sylva e che lei avesse poi messo in scena tutta quella pantomima con cui esaltava il suo straordinario coraggio, per mascherare il suo ruolo in tutta la vicenda.

In quei giorni a Prosike, con una imboscata erano stati attaccati dai partigiani comunisti una ventina di ustascia trasportati su due camion. Lo scontro era stato durissimo, non fu risparmiato nessun ustascia. Da parte dei loro alleati nazisti, era seguito un rastrellamento in grande stile nelle isole dell'arcipelago zaratino, con molti arresti di civili accusati di collaborare coi partigiani contro i miliziani ustascia. In città, a Zara, il clima non era infuocato come nella campagna e nei boschi: spirava il vento dell'attesa, portando con sé incertezze e preoccupazioni. Valerio cercava di convincersi che essere sospettato e venire interrogato per chiarire la sua posizione non era poi tanto strano, proprio perché era noto che la sua vita non si esauriva nella professione di musicista. Informarsi sulla sua attività era plausibile e non uno stratagemma di Ranković per sondarlo, metterlo alla prova e, poi, ricattarlo.

Si sapeva che Valerio, ben prima dell'inizio della guerra, partecipava alla vita politica della città e, durante il conflitto, aveva rinnovato l'impegno per compensare la sua esclusione dal servizio militare per un lieve difetto a un occhio, ritenendo questa sua attività un obbligo morale nei confronti dei tanti amici partiti per il fronte. Talvolta giudicava il suo impegno politico poca cosa rispetto a quell'obbligo morale che viveva con autenticità, e allora ecco l'eccesso, la mancanza d'equilibrio: da un lato il sentimento d'inadeguatezza che lo portava alla depressione e a chiudersi in se stesso isolandosi da tutti, dall'altro una spregiudicata generosità con cui si avventurava in rischiosi salti nel buio, come era accaduto stringendo il rapporto con Ranković.

Se non si trattava di un cinico gioco spionistico per ricattarlo, a cui Sylva partecipava, quel "farò tutto per te", pronunciato dalla ragazza con tanto trasporto sentimentale, era la prima, vera dichiarazione d'amore strappata a una spontaneità sempre repressa: Valerio preferiva pensare così, che quel "farò tutto per te" fosse un ideale, delicato abbraccio capace di dargli forza per superare l'infernale relativismo della politica.

Trascorsero giorni strani, diversi dal solito, come se tra loro rimanesse in sospeso qualcosa che non trovava il modo di esprimersi con le parole, come una sottintesa confidenza che non semplificava il rapporto. Valerio era attento a cogliere ogni sfumatura nei discorsi di Sylva per cercare di capire cosa le passasse per la testa, per convincersi che la propria opinione sull'innocenza della ragazza fosse vera. Lei si sentiva a disagio, non tanto per il comportamento di Valerio e per il modo in cui le si rivolgeva, ma per la percezione della propria incapacità di stargli vicino come avrebbe voluto dopo il suo arresto da parte dei miliziani ustascia. Ma il sentirsi così inadeguata era la conseguenza della sua inesperienza, che non le permetteva di capire cosa volesse veramente da Valerio e da se stessa.

Quell'idea di purezza, sulla quale Valerio si era formato l'immagine di Sylva e che, vera o falsa che fosse, aveva dato un ordine al loro mondo interiore e costruito a lungo andare una serena complicità attraverso le abitudini quotidiane, da tempo si era sgretolata fino a diventare ormai un ricordo. Adesso la loro comunicazione, sospesa tra il sospetto e il "farò tutto per te", era indecifrabile, pervasa da sguardi pieni di dolcezza e di dubbi, da indisponenti insinuazioni e da attraenti dichiarazioni, dallo sfiorarsi dei corpi mai chiaramente casuale.

Nessun vincitore crede al caso; vincitori non erano Sylva né Valerio e, solo per caso, una mattina non erano seduti, come sempre capitava, l'uno di fronte all'altra nella stanza dove dominava il pianoforte a coda. La bella apparenza di un corpo ha un potere incontenibile che sconfigge anche il più delicato amore ideale, sublimato con l'assenza di erotismo e sensualità. Il caso protegge dal pensiero di fare una scelta: qualcosa accade senza volontà, e ci si sente esonerati dalla responsabilità dell'accaduto. Il problema viene dopo: come sopravvivere alle conseguenze. Sylva e Valerio stavano uno accanto all'altra, solo per caso, senza la volontà di una decisione. Una mano aveva sfiorato l'altra che non si era ritratta spaventata; i volti si erano avvicinati e uniti in un bacio. La sorpresa di Sylva si era incontrata con lo stupore di Valerio, la sorpresa di una ragazza umile che conosce l'incanto di un bacio da lungo desiderato, e lo stupore di un uomo che per caso dona quell'incantesimo tanto semplice.

L'attimo della sorpresa svanì, l'attimo dello stupore si dileguò. Il bacio non ebbe seguito, il potere seducente del corpo fu arginato e il loro mondo divenne essenziale. Non più sguardi dubbiosi o pieni di dolcezza, non più corpi che la volontà o il caso lasciavano sfiorare. Una serena complicità stabiliva le regole dei loro incontri, sapevano che qualcosa d'immateriale, come una luce accesa per magia che nessuno è più in grado di spegnere, li avrebbe legati per sempre.

Divenne inossidabile la fiducia di Valerio per Sylva: senza più sospetti e reticenze ascoltava le sue analisi e valutazioni politiche, con cui gli dava dei consigli, pur rimanendo discretamente al di fuori della sua attività spionistica. Avevano perfino ripreso a suonare di tanto in tanto il pianoforte, superando il timore che la musica possedesse ancora il suo rischioso potere seduttivo: Valerio voleva che Sylva studiasse con regolarità e lui avrebbe potuto darle delle lezioni; lei lo assecondava mostrando una serenità non offuscata dal suo segreto. Amava Valerio, viveva quell'amore come una proibizione, come un sentimento impossibile da condividere, ma accettato senza indecisione, senza sentirsi privata di quella parte di sé che voleva amore. Si aggrappava al suo destino che non le impediva di sperare, quando la sua unica certezza era che tutto poteva finire da un momento all'altro.

Lo spionaggio, la ricerca di informazioni sempre più complesse, i contatti mai semplici da stabilire richiedono a Valerio molta prudenza. Le pagine del diario che seguono hanno saltuari riferimenti alla vita privata; la maggior parte delle annotazioni riflette sugli avvenimenti di quel tempo: scarne considerazioni con appunti talvolta probabilmente cifrati. Da qualche osservazione si comprende la sua inquietudine sia per una situazione politica che gli appare sempre più senza vie d'uscita, sia per i pericoli a cui stava andando incontro.

29

Chi difenderà l'italianità di Zara? Questa domanda era diventata un'ossessione nella vita di Valerio. Conosce uomini e donne che si battono per quell'ideale, che non si arrendono e vanno incontro alla morte. Da chi vengono aiutati e difesi nella loro resistenza? Chi in Italia? Quali sono le potenze straniere che collaborano perché italiane rimangano le terre sulle coste dell'Adriatico Orientale?

Dopo la caduta del fascismo, il 25 luglio 1943, Valerio trascorre un periodo di evidente disorientamento politico, non solo per ciò che sta accadendo in Italia, ma anche nella stessa Zara. Un marasma militare e amministrativo impedisce di affrontare con la dovuta efficacia gli imprevisti e i bisogni del momento, da quelli più elementari, come il coordinamento dei servizi essenziali per gli abitanti della città, a quelli strategici, come il comando delle guarnigioni per la difesa del territorio.

L'intreccio di lingue che nel tempo aveva dato a Zara il sapore di un vero cosmopolitismo amato dagli abitanti e accogliente per tutti coloro che entravano in città, era diventato una babele, un'anarchica invasione urbana, segno premonitore di una devastazione. Di lì a poco i bombardamenti, ordinati da una cieca volontà d'annientamento, si sarebbero riversati su una popolazione inerme e su una città la cui unica colpa era quella di custodire una grande storia di civiltà italiana.

Valerio era una persona sicuramente più influente di quanto amasse sembrare, preferendo dare di sé un'immagine modesta, anche se l'attività spionistica risultava importante, poiché produceva effetti sensibili sul piano delle iniziative politiche da adottare e delle vere e proprie azioni belliche da effettuare. Ma dopo l'8 settembre del '43, le informazioni che fa arrivare agli uomini di Ranković sono sempre più vaghe; talvolta non si presenta agli appuntamenti; viene minacciato per il suo scarso impegno. Cambia il suo modo di agire.

Con assoluta segretezza, Valerio conosce in questo periodo tre persone che diventano fondamentali per la sua vita. La prima è Tommaso David, un anziano capitano dell'esercito italiano ancora in attività che, dopo l'8 settembre, dissolto l'esercito, ha reclutato sotto il suo comando uomini e donne della Dalmazia, per costruire una rete d'informatori dislocati al di là delle linee nemiche. Non si sa come Valerio entri in contatto con il capitano David: è plausibile che la sua attività spionistica lo porti a frequentare un ambiente in cui c'era molto entusiasmo intorno a quella figura di militare di grande carisma tra i dalmati, impegnato a contenere con le poche armi a disposizione le pretese tedesche su Zara. Noto per il suo coraggio, David era ammirato per la determinazione con cui cercava di indurre il comando nazista ad accettare una Zara italiana, nonostante il governo di Berlino si fosse orientato senza segreti a sostenere Pavelić. A lui si rivolgevano gli italiani desiderosi di combattere, di non restare passivi di fronte ad avvenimenti militari che stavano stravolgendo la loro terra.

Quasi certamente fu Tommaso David a indirizzare Valerio verso la seconda persona che avrebbe avuto grande influenza sulle sue decisioni di quel tempo: Enzo Drago, un giovane volontario universitario, rimasto gravemente ferito dopo aver combattuto sul fronte balcanico e russo, molto amato dagli zaratini, non solo per il coraggio dimostrato in guerra, ma anche per le sue origini famigliari. Era nipote del celebre sindaco Luigi Ziliotto, alla guida dell'amministrazione di Zara tra il 1902 e il 1922, gli anni più difficili durante le lotte nazionali contro gli austriaci.

Drago aveva aperto in città, in Calle Larga, un ufficio di reclutamento di studenti liceali e universitari, con lo scopo di formare una compagnia in grado di opporsi militarmente sia alle mire espansionistiche dei partigiani di Tito, sia a una probabile infiltrazione croata a Zara e nelle sue campagne. Una posizione strategica che comportava grandi rischi, collocandosi tra due fuochi incrociati, quello comunista e quello nazista, caparbiamente difesa nonostante la perdita di molte vite durante spericolate azioni militari.

La terza persona che condiziona l'orientamento politico di Valerio è Antonio Vukassina, un giovane che verrà ammazzato a ventitré anni in un'imboscata tesa dai partigiani di Tito alla Divisione Zara, nella quale militava. Il giovane era molto noto e seguito per le sue prestazioni sportive, in particolare quando vinse il titolo di campione italiano di lancio del giavellotto. Valerio lo conosceva personalmente: gli aveva dato per qualche anno lezioni di pianoforte e con lui condivideva la passione per Chopin, di cui Antonio possedeva un'invidiabile collezione di dischi, sempre aggiornata con le ultime incisioni.

Vistosamente commosso, Valerio partecipò al suo funerale, accanto ai famigliari, seguendo il feretro che, con un affollato corteo, sfilò lungo le Rive di Zara, affinché tutta la cittadinanza potesse tributargli l'ultimo omaggio prima di raggiungere il cimitero.

Gli avvenimenti di quel tempo, che modificarono gli scenari politici e militari italiani, l'incontro di personaggi come David e Drago, al cui fascino era difficile sottrarsi, l'emozione per la perdita dell'amico e allievo Antonio Vukassina, portarono dei cambiamenti profondi nella visione politica di Valerio.

Era sempre più convinto che la Dalmazia fosse perduta: se i tedeschi vinceranno la guerra, occuperanno quella terra; se vincerà Tito, sarà della Jugoslavia comunista. Il suo dramma è il sacrificio inutile. Il sacrificio di tanti italiani, sia giovani che avanti negli anni, sia uomini che donne, anch'essi giunti certamente alle sue stesse conclusioni, ma che, tuttavia, continuavano a battersi perché le loro terre rimanessero italiane, senza indietreggiare, pur assistendo, giorno dopo giorno, all'arresto, alla tortura, all'assassinio di un amico, di un parente.

30

Nel fuoco di questa tragedia, che incendia città e vite di uomini, che riduce a mucchi di cenere tradizioni antiche e storie recenti, Valerio non rinunciò a seguire un destino che mai avrebbe immaginato fosse il suo. Come spia aveva la fiducia dei partigiani di Ranković e, nonostante alcune inadempienze nel modo di operare, considerate la conseguenza di un carattere dedito alle fantasie dell'arte, poco pratico, spesso distratto, gli sembrava di non essere più messo alla prova, soprattutto di non essere sospettato. Credeva, anche, di essere apprezzato per la sua umiltà, perché non appena si accorgeva che, trascurando le regole pattuite, la sua attività spionistica veniva criticata e lui presumibilmente messo sotto la lente d'ingrandimento, si correggeva, mostrava maggior impegno, non perdeva un appuntamento, le notizie che portava erano precise e importanti. Insomma, gli pareva di essere indispensabile a Ranković con le sue informazioni ed era ormai sicuro che si fidassero di lui.

Ma quanto più gli appariva un sacrificio inutile la lotta per l'italianità di Zara e delle terre dalmate, tanto più aveva deciso di aumentare il rischio nella sua partecipazione al dramma che si stava vivendo su quella costa dell'Adriatico Orientale. In fondo, nonostante i tentativi di correggere il proprio orientamento esistenziale, Valerio non tradiva la sua innata vocazione di mettersi dalla parte sbagliata, attratto dai perdenti come da una calamita morale. Conosceva quasi tutti, personalmente, i giovani che militavano alle direttive di Enzo Drago in una compagnia a cui era stato dato nome "Antonio Vukassina" per onorare la memoria dell'amico. Non gli fu difficile, in grande segretezza, stringere rapporti con loro, avviando un pericoloso doppio gioco: continuava a svolgere l'abituale attività spionistica per Ranković, fornendo notizie imprecise, talvolta false, mentre alla "Vukassina" portava informazioni vere, molto riservate, sulle azioni che si sarebbero intraprese sul fronte partigiano comunista.

In questo mutamento d'orizzonte, non era cambiata la storia con Sylva, anche se lei niente sapeva del suo lavoro di controspionaggio. Mantenere il segreto non comportava difficoltà, era però doloroso: da un lato era fin troppo semplice, perché Sylva, sempre molto discreta, non faceva domande, felice di ascoltarlo senza interferire; dall'altro era angosciato dalle inevitabili menzogne che stavano ponendo un limite invisibile alla loro relazione, incrinandone l'equilibrio.

Ci fu anche un breve periodo in cui Valerio si servì di Sylva per avere delle informazioni, a cui egli stesso non riusciva ad accedere, da passare alla "Vukassina": con qualche raggiro, fece in modo che la ragazza riuscisse a sapere da Ranković dove fossero dislocate le bande comuniste intorno ai boschi a nord di Boccagnazzo e nelle isole dell'arcipelago zaratino. La ingannò per non deludere gli amici e mostrar loro la propria grande abilità nella sua attività di controspionaggio. Ma non andò oltre, trovò indegno usare Sylva, sempre così disponibile, devota, innamorata senza pretendere di essere ricambiata; tuttavia l'ironia del caso volle che lei ottenesse qualcosa d'insperato dal doppio gioco di Valerio. Adesso si facevano vedere apertamente, senza problemi, per le strade di Zara, si fermavano al caffè tra la gente, entravano nei negozi: per Valerio, Sylva era un'ottima copertura per mascherare il suo controspionaggio, per Sylva era un'occasione di felicità insperata, pensava che il mutato comportamento di Valerio, prima tanto circospetto e prudente, fosse una sua conquista.

Ma la volontà del singolo deve fare i conti con la razionalità della Storia che, spesso, sul momento appare incomprensibile, per poi diventare chiara quando il tempo apre le distanze e consente di cogliere un'altra prospettiva, rimasta in precedenza offuscata. Nella "Vukassina", Valerio riceveva direttamente ordini – per le informazioni da portare, e direttive sui movimenti militari da seguire – dal comandante Frane Vjgiak, un dalmata di Spalato, tenente decorato al valore, che godeva di grande ascendente sui suoi uomini. Di poche parole, una freddezza glaciale, dava l'impressione che ogni sua decisione, ogni compito che assegnava fossero determinati da un calcolo preciso, in cui cuore e passione erano del tutto assenti. Anche il suo aspetto fisico esaltava l'imperturbabile distacco: alto, magro, di un pallore spettrale, una cicatrice che dallo zigomo destro saliva verso l'occhio per sottolinearne l'azzurro di un'intensità magnetica.

Sorprese tutti quando annunciò che avrebbe lasciato il comando della compagnia "Vukassina". Non diede spiegazioni, ma questo era nel suo carattere; l'abbandono, invece, di un posto di alta e rischiosa responsabilità non apparteneva alla sua storia personale. Presto si venne a sapere che Vjgiak si era scontrato con le autorità militari tedesche: non aveva infatti accettato di mettere a disposizione dei nazisti la sua compagnia per svolgere azioni militari che avrebbero messo in pericolo la difesa di Zara e gravemente minacciato la vita stessa dei cittadini. Aveva perciò deciso di abbandonare il comando della sua compagnia per non consegnarla alla rappresaglia tedesca: una decisione che comportava lo scioglimento della "Vukassina" e, almeno per il momento, l'incolumità dei suoi aderenti.

Vjgiak era l'unico referente responsabile dell'attività spionistica di Valerio, quello che lo proteggeva, coprendo il suo doppio gioco. Appena cadde in disgrazia e si dovette dimettere, tutto il suo lavoro d'informatore crollò come un castello di carte, ed egli troppo tardi s'accorse di aver commesso due gravi errori: il primo, di non aver bilanciato la protezione del suo comandante con quella di un altro possibile contatto esterno alla "Vukassina"; il secondo, di aver tenuto lontano Sylva dal suo doppio gioco.

Nel mezzo di questo drammatico disorientamento, Sylva sarebbe stata l'unica persona che con lucidità gli avrebbe suggerito la strada giusta da seguire: ne era certo, ancora una volta la ragazza avrebbe dato prova della sua conoscenza della realtà politica, affrontando la situazione in cui si era cacciato senza tanti idealismi. Era anche sicuro che, di fronte all'alternativa tra lui e Ranković, Sylva avrebbe scelto di stare dalla sua parte, se solo fosse riuscito in una difficile acrobazia: innanzitutto conservare la sua fiducia nonostante l'avesse lasciata all'oscuro per un buon periodo di tempo; in secondo luogo, mantenere la segretezza sui nomi degli amici che collaboravano nel controspionaggio; infine ricevere il suo aiuto senza farle tradire il patrigno e senza farsi scoprire.

Troppo complicato, forse impossibile: un'acrobazia, comunque, che non aveva ritenuto necessaria, pensando di cavarsela da solo, tenendo Sylva lontana dai pericoli che stava correndo. I tedeschi potevano arrestarlo quando volevano, essendo stato molto vicino a Vjgiak, cosa non difficile da venire a sapere; i partigiani di Ranković, a loro volta, se avessero scoperto il suo doppio gioco, lo avrebbero giudicato una spia da condannare a morte.

Il diario di Valerio prosegue con annotazioni ancora più sintetiche delle precedenti, quasi dei promemoria spesso indecifrabili, sulla sua attività di controspionaggio. Si tratta di una ventina di fogli scritti in modo disordinato, con una grafia (forse volutamente) poco comprensibile. È chiaro il timore di una fuga delle notizie di cui viene a conoscenza e che trasmette ai suoi contatti; tuttavia, nonostante la necessaria prudenza in questa situazione politica particolare e i rischi reali a cui andrebbe incontro se sciaguratamente qualcuno riuscisse a sottrargli il diario, Valerio continua a scrivere come se in quel quaderno fosse custodito, con la memoria, il senso della sua vita.

Alla fine di queste pagine – per lo più di carattere politico e militare, di sommarie indicazioni sulla sua attività spionistica e un lungo elenco di nomi criptati – ce n'è una lasciata tutta bianca con un grande punto di domanda al centro. Girandola, si legge una data sottolineata due volte: 8 ottobre 1943. È il giorno che precede l'arrivo di Milena a Zara.

31

Quella mattina Valerio s'alzò molto presto con la voglia di andare per mare in barca a vela. Un amico gliela avrebbe prestata: una piccola deriva che si poteva governare da soli. Non era un desiderio stravagante, piuttosto una collaudata via di fuga: quando saliva la tensione di fronte a un impegno gravoso da affrontare, per controllare l'ansia e ritrovare l'equilibrio gli venivano in soccorso il mare e la vela. Quel giorno il mare era ferito, lunghe strisce bianche lo tagliavano, e si lamentava sotto la sua finestra con una voce potente che s'alzava imprecando contro il cielo scuro, pesante sopra di lui.

Si chiuse in casa, e ancora pensando alla vela e alla libertà che quel mattino il mare gli aveva negato, si mise al pianoforte, distratto, lasciando che le mani scivolassero per loro conto sulla tastiera in una gara con la voce delle onde da cui le sue note non sarebbero mai riuscite vincitrici. Aspettava, continuando a suonare, ma quando quella voce si affievolì, divenendo una monotona litania, decise che era il momento di imporre su quel rumore la sua musica.

Passò il tempo senza accorgersene, come se fosse in preda a una passione travolgente che lo univa carnalmente al suo pianoforte: provava e riprovava i brani che avrebbe dovuto suonare al concerto, se mai glielo avessero fatto eseguire. La verità per Valerio era sempre più un gioco di parole, e la musica sostituiva le parole, portandolo all'essenza di ciò che avrebbe voluto esprimere. Ma non era così ingenuo da credere di essere proprio lui in grado di trovare nella musica la verità: ne aveva soltanto quell'infinita nostalgia che afferra l'anima quando non c'è fiducia nel futuro. Questo sentimento che lo legava al passato per proteggerlo dall'ostilità del futuro, lo rendeva leggero di fronte alla pesantezza di una verità a lui ben nota, quella di non essere riuscito a diventare il grande artista che aveva sognato e che il tempo a venire non gli avrebbe concesso di essere.

Il suono del campanello di casa lasciava Valerio indifferente e solo perché non cessava di squillare fastidiosamente, si decise ad alzarsi dal seggiolino del pianoforte per andare ad aprire la porta. Sylva se lo trovò di fronte spettrale; si diresse subito in cucina per preparargli la colazione.

«Siediti anche tu un momento» le disse Valerio vedendola silenziosa. «Cosa è successo, non mi hai neanche salutato.»

«Non è successo niente, sto bene, tu piuttosto.»

Sylva si mise a riordinare la casa, lasciandolo solo a bere il caffè. Cercò di capire con qualche breve domanda se non si sentisse bene, se avesse bisogno di qualche medicina, gli disse che sarebbe andata subito in farmacia.

«Sono solo un po' stanco, mi sono alzato quando era ancora buio» la tranquillizzò Valerio. «E poi ho suonato finché ho sentito il campanello. Quando arrivi, generalmente sono più presentabile. Non mi sono ancora fatto la barba, non mi sono pettinato... tutto qui. Voglio lavorare: sai, il concerto che dovrei tenere, ultimamente l'ho trascurato.»

«Perché "dovresti"? Non lo fai più?»

«In questa situazione che non sai cosa capita neppure tra un'ora... Comunque l'avevo un po' dimenticato in questi ultimi giorni, pensando che non me lo avrebbero fatto eseguire. Adesso m'impegno senza sperarci: ho perfezionato qualche interpretazione, mi sembra di andare bene. Ti faccio ascoltare...»

«Intanto finisci la colazione. C'è tempo.»

«Non credo ci sia tutto questo tempo. In ogni caso il caffè era proprio cattivo. No, non è colpa tua, è questa robaccia che ci vendono come caffè. Chissà se un giorno torneremo a berne una tazzina come si deve. Vieni, ti faccio sentire.»

Sylva non si avvicinò al pianoforte, si tenne in disparte, sospendendo i lavori di casa per non fare rumore, incantata nel vederlo così appassionato mentre suonava. Niente esisteva in quel momento per Valerio se non la musica che usciva dalle sue mani, ora leggere e lente, ora potenti e veloci. In quella fragile bellezza c'era tutto il suo mondo; al di fuori solo un'affannosa ricerca di verità. Si girò verso Sylva, quando ancora gli mancavano tre note prima di terminare quel piccolo concerto privato, cercando il suo sorriso.

«Hai ripetuto almeno una volta quegli esercizi che ti avevo insegnato?» le chiese.

«No, mai.»

«Li riproviamo insieme?»

«Adesso voglio pulire bene ogni angolo della casa e rimettere ordine. Domani arriva tua moglie, vero?»

«Se ci riesce...»

«Perché non dovrebbe riuscirci? I collegamenti con l'Italia sono diventati regolari» gli rispose.

«Qui è tutta Italia, cosa vuoi dire!»

«Con Venezia. La motonave da Venezia è regolare: la vedo arrivare e ripartire quando vengo da te.»

«Deve riuscirci con la testa. Finché non la vedo... Ma domani sì, dovrebbe venire qui.»

«Desideri rivederla, molto, moltissimo?»

«È davvero importante per me rivederla.»

«Non mi hai parlato quasi mai di lei; e se capitava, cambiavi discorso. Ho visto una sua foto. È bella, vero?»

«Molto. Completamente diversa da te.»

«Io non sono bella, lo so.»

«Due persone... anche due caratteri del tutto differenti.»

«Molto meglio il suo, sono sicura. Scusami, non devo fare queste domande. Sei tu che non mi lasci andare a lavorare.»

«Molto meglio il tuo. Ora con lei è tutto complicato... anche per colpa mia. Non si riesce a separare la vita di adesso dai risentimenti quando si pensa al passato. E poi c'è mia figlia. Non sarà facile.»

«Sarà bello, vedrai.»

«Dipende da ciò che si vuole. Sarà inevitabile tornare indietro nel tempo, rivangare vecchie questioni. Senza volerlo, dedichiamo così tanta attenzione al passato, rubando tempo al presente, come se fosse inutile viverlo.»

«Mi piacerebbe conoscerla.»

«Hai visto Ranković?»

«In questi giorni ha sempre molte persone intorno; lo vedo di sfuggita.»

«Riunioni politiche...?»

«Come al solito. Ieri c'erano due persone che non avevo mai incontrato, con una divisa militare bella, nuova, pulita. Dovevano essere due autorità, perché Ranković faceva sempre sì con la testa quando quei due parlavano. Non è da lui.»

Valerio era indeciso se chiedere a Sylva cosa si fossero detti; aspettava che fosse lei a dargli qualche informazione senza farle domande. Gli pareva che l'incontro di Ranković con quei militari potesse essere importante e voleva saperne di più, ma senza mostrare interesse. Lasciò la stanza del pianoforte per andare nel salottino: una poltrona di fronte all'altra, e invitò Sylva a sedersi con lui. «Immagino che non ci siano grandi novità politiche» le disse per portarla sull'argomento. «La confusione dopo l'armistizio... il generale Spigo che tratta coi tedeschi per risparmiare Zara da azioni di rappresaglia...»

«Sì, ma tratta anche con i partigiani di Tito» Sylva ci tenne ad aggiungere.

«Tito?»

«Il generale Spigo parla con tutti. Sta cercando di trovare un accordo perché almeno Zara non venga attaccata.»

«Se davvero è così, i compagni di tuo padre sono proprio ben informati. Eri presente anche tu quando parlavano?»

«Stai scherzando?» gli rispose Sylva stupita per quell'affermazione.

«Le tue informazioni sono così precise...»

«Riesco a sentire solo quando alzano la voce perché si riuniscono di sopra; non capisco sempre bene, però parlavano di bombardamenti.»

«Bombardano?» le chiese stupito Valerio.

«Sì, con gli aerei.»

«Aerei?»

«Su Zara. Gli americani.»

«Chissà cosa avrai capito» la liquidò Valerio con sufficienza.

«Sono sicura di aver sentito che loro devono trovare un modo per convincere gli americani a bombardare Zara.»

«Loro chi?»

«Loro, loro! Ranković, quei due militari con quella bella divisa... Tito. Loro, insomma.»

«Bombarderanno al Nord. Avrai sentito questo, ed è possibile, ma Zara... Che interesse militare può avere una città indifesa, senza armamenti... C'è qualche presidio militare che non dà fastidio a nessuno e se si volesse distruggerlo, non servirebbero certo i bombardamenti aerei.»

«E invece ho capito bene, e se vuoi ti dico tutto. Siccome mi aveva colpito la parola "bombardamenti", appena l'ho ascoltata sono salita di qualche gradino della scala per capire meglio, senza farmi vedere... e dicevano proprio così.»

«Gli Alleati dovrebbero bombardarci?»

Sylva fece un cenno di assenso, Valerio incominciò a prestarle attenzione: «Mi sembra assurdo» le disse. «Come è possibile considerare Zara un obiettivo strategico da bombardare?»

Valerio raccoglieva molte notizie, anticipazioni di possibili azioni militari, la sua attività di spionaggio lo metteva in contatto con fonti attendibili ma non aveva mai saputo, neppure per ipotesi, che si stessero organizzando bombardamenti su Zara.

Vedendolo molto interessato, Sylva continuò: «Uno dei due militari con la sua bella divisa elegante diceva che Zara è il simbolo della storia d'Italia per tutti quelli che vivono su queste terre della costa».

«E per questo dovrebbe essere bombardata?» domandò Valerio, ancora incredulo.

«Rasa al suolo, ha ribadito l'altro militare. Questo l'ho sentito chiaramente: rasa al suolo. Lo vuole Tito, vuole che da qui sparisca l'Italia, e Zara – diceva – è per l'Italia come la fede che ci si mette al dito. Cosa stai pensando? Perché dovrei inventarmi quelle parole? Non mi sbaglio, ti assicuro» gli disse Sylva mettendo nel tono della voce tutta la sua convinzione.

32

Le informazioni di Sylva erano così inverosimili, sostenute con tanta sicurezza e ripetute come verità indiscutibili, che Valerio incominciò a sospettare un qualche raggiro. Da tempo, ormai, non aveva più avuto dubbi sulla sua fedeltà, al punto che si rammaricava di non averla messa al corrente del suo doppio gioco per ricevere adesso quell'aiuto che gli avrebbe forse permesso di uscire da una situazione molto intricata dopo l'abbandono di Vjgiak del comando della "Vukassina". I comunicati segreti di cui era in possesso non solo non confermavano le affermazioni di Sylva, ma neppure lasciavano spazio a ipotesi di quel tipo. Bombardare Zara era la cosa più assurda che si potesse immaginare, così impensabile che usare quella notizia per trarlo in inganno e fargli compiere un passo falso gli pareva perfino ingenuo. Era disorientato: Sylva non poteva essersi inventata quello scenario tanto stravagante, quindi non poteva che avergli riferito quanto ascoltato. E sicura di sé lo aveva più volte rassicurato di non essersi sbagliata, di essere anche lei rimasta sorpresa dalla parola "bombardamento".

Valerio però, tutt'altro che convinto, continuava a ritenere quelle informazioni inattendibili, e non si toglieva dalla testa che, a sua insaputa, la ragazza si prestasse a fare da messaggera di una falsa notizia per incastrarlo e smascherarlo. Sì, ma in quale tranello sarebbe dovuto cadere? Diffondere quella notizia tanto incredibile, cosa avrebbe comportato? Non era da escludere, pensò, che Ranković, accorgendosi che la figlia origliava di nascosto e, conoscendo, o forse solo immaginando, la sua amicizia con lui che andava oltre al lavoro domestico, avesse voluto usarla come esca per incastrarlo. Era certo, infatti, che gli avrebbe riferito ciò che si stavano dicendo: dunque, lui e i suoi compagni si erano messi a dare volutamente informazioni sbagliate per smascherare Valerio una volta che avesse diffuso quella notizia. Un bluff, una montatura per costringerlo a fargli scoprire le carte. Ma allora Ranković sospettava il suo doppio gioco o, addirittura, lo aveva già scoperto?

In qualunque modo interpretasse le parole di Sylva, non riusciva a darsi una spiegazione minimamente credibile.

«Non c'è dubbio che Zara sia un simbolo della storia italiana in queste terre» incominciò a dire Valerio, prendendo il discorso alla lontana con aria professorale. Le parlò delle origini della città, dei suoi sviluppi, delle tradizioni, per mostrare a Sylva che conosceva una realtà che mal si conciliava con le sue informazioni e che – se mai ci fosse l'intenzione d'ingannarlo – lui non era così sprovveduto da farsi raggirare. «E dopo tutto questo» concluse terminando la sua descrizione di Zara, «Ranković e i suoi compagni vorrebbero che la città venisse distrutta, bombardata, rasa al suolo? Cosa potrebbe mai raccontare Tito agli anglo-americani per convincerli a scaricare bombe sulla nostra testa?»

Sylva, seria, sicura di dire a Valerio cose di assoluto interesse, replicò senza incertezze: «Tito vuol far credere agli Alleati che la città sia un nodo militare tedesco strategicamente molto importante, da distruggere. Ho sentito questo, e non mi sbaglio».

«Ranković e i suoi compagni si sono per caso accorti che li ascoltavi di nascosto?»

«No, ne sono certa. Tu non lo conosci: se mi avesse vista origliare, non so cosa mi sarebbe successo... anzi, lo so. Perché me lo chiedi?»

Valerio non ebbe la risposta pronta, continuava a sperare che non lo stesse ingannando. «Ma, non lo so... È tutto così improbabile: tu che vieni impressionata dalla parola "bombardamento"; ti incuriosisci; vai a origliare; ascolti quelle affermazioni inverosimili... E gli americani sarebbero tanto imbecilli da credere che Zara sia un presidio militare strategico?»

«Non lo so: di questo Ranković non ha parlato. Io ti riferisco quello che ho sentito... chiaramente.»

«Allora sarà un'altra città da bombardare, non Zara. Qui ci sono solo calli, chiese, vecchie case... È vero, c'è tanta storia che parla dell'Italia. C'è l'immagine di Venezia... Insomma, adesso basta» disse Valerio insofferente, «devo tornare al pianoforte, riprendere a studiare per il mio concerto.»

Dal piccolo salotto dove le due poltrone erano circondate di libri, spartiti, giornali sparpagliati dappertutto, Valerio andò nella stanza dove il pianoforte a coda occupava quasi tutto lo spazio. Sylva lo seguì.

«Vuoi ascoltare come me la cavo con il pezzo più difficile?» le disse, sedendosi sul seggiolino girevole.

Sylva non gli rispose e rimase lì, accanto. Valerio aprì lo spartito, un foglio scivolò sulla tastiera, lo rimise in ordine insieme agli altri. Sylva non si muoveva. «Se non vuoi che suoni il pezzo più difficile, ti faccio sentire quello che mi piace di più.»

La ragazza ancora non gli rispose. Valerio si accorse che aveva le lacrime agli occhi. «Cosa vuoi dirmi?» le chiese.

«Domani non vengo» gli rispose con un filo di voce.

«Non è il caso che te ne resti a casa tua, anche se verrà Milena puoi esserci anche tu tranquillamente. E, poi, non eri curiosa di conoscerla?»

«Non torno più.»

«Cosa vuol dire che non torni più?» le domandò Valerio, stupito e preoccupato di averle fatto uno sgarbo, di averla offesa senza accorgersene. Aveva assunto un tono paterno, pronto per farsi scusare.

«Zia Raissa sta meglio; lunedì ci sarà lei» gli disse Sylva immobile, accanto al pianoforte.

Tutto era incominciato in modo provvisorio, e col tempo si era dimenticata la precarietà di una condizione che non aveva niente di definitivo. Ma se la vita in quella precarietà aveva conosciuto una nuova bellezza, la nostalgia aveva afferrato i cuori, lacerandoli. Gettato nella realtà, Valerio non poteva avere le parole giuste per risollevarsi: «Domani» le disse, «non è lunedì, mancano due giorni».

«Mio padre ha bisogno di me, non posso più venire, e oggi devo tornare a casa presto, ma pulirò bene e metterò tutto in ordine. Milena non avrà niente da criticare.»

«Il tuo patrigno potrà fare a meno di te per un paio di giorni.»

Sylva non gli rispose e ancora non si mosse, come se quel posto a fianco del grande pianoforte a coda fosse una trincea per difendersi dall'assalto delle emozioni.

Valerio lasciò la stanza, comprese che non sarebbe riuscito a convincerla. Ritornò dopo poco con una fotografia e gliela porse.

«Qui non ci sei tu, non c'è nessuno» gli disse sorpresa, osservandola, «c'è solo un piano.»

«È il primo che ho avuto, quello con cui ho studiato per diplomarmi. Così ti ricorderai di suonarlo. Sei brava.»

«Non avrò bisogno di suonare il pianoforte per pensare a te.»

Le pagine del diario che seguono hanno – rispetto alle precedenti – una nuova numerazione, mentre la vecchia è stata cancellata con un sottile tratto di penna. Pagine che sono state spostate in questa posizione da chi ha voluto che, prima di continuare a leggere dell'incontro rimasto in sospeso tra Valerio e Milena, si venisse a sapere della storia di Sylva e delle circostanze in cui lei aveva conosciuto Valerio. In alto, sulla prima riga del foglio, c'è la data 10 ottobre '43, domenica, cioè il giorno in cui Valerio si ritrova con Milena, dove si erano lasciati la sera prima.

33

Valerio aspettava Milena camminando avanti e indietro di fronte al piccolo dehors dell'Oltremare. La mattina era fredda, l'umidità della notte aveva bagnato le larghe pietre rettangolari di trachite della pavimentazione, lasciando una misteriosa lucentezza. Sereno, non ancora spazientito per il ritardo di Milena, indeciso se aspettarla o andare a sedersi a un tavolo libero, Valerio faceva passare il tempo tirando, a gara con un ragazzino, dei sassi nell'acqua. Arrivò in breve, ed entrarono insieme. Solo qualche parola di circostanza, un po' di emozione: Valerio si preoccupò di sapere come avesse trascorso la serata dalla sorella.

«Ricordi, tanti ricordi» gli disse Milena, «è felice della sua vita, del suo lavoro, mi sembra amata da molte persone, inserita con passione nella vita della città. Ti vuole bene, ha un senso di grande protezione per te, e si lamenta che non la vai a trovare.»

«Non ci vado perché ha un senso di protezione troppo invadente, alla fine è fastidiosa.»

«È una donna buona, sbagli a trascurarla. Mi ha chiesto di Renata, voleva una sua fotografia; sono stata così sbadata da non portargliela. Ci siamo scritte di tanto in tanto, così sa tutto di me, di come me la passo, mi è sempre stata vicina, non mi ha trascurata nei momenti più difficili. Sa anche di Sylva... mi pare di aver capito che non sia soltanto una semplice donna di servizio per te.»

«La conosce appena. Non so neppure come faccia a sapere di lei. Sylva è...»

«Una delle tue tante donne» lo interruppe Milena. «Conosciamo il fascino incantatore del pianista: quando colpisce è infallibile.»

«Mi ha aiutato un po' in questo periodo. È venuta da me per sostituire nei lavori di casa sua zia, che si è ammalata» le rispose senza raccogliere la provocazione.

«Immagino... ti ha aiutato.»

«Immagina una ragazza molto semplice» le disse Valerio con calma come se quel discorso lo annoiasse.

«Bella?»

«Bella. Lavora con precisione, non è una sprovveduta, conosce bene l'attuale situazione politica, è sempre ben informata dal suo patrigno, una persona influente tra i militari croati... che per giunta se la cava discretamente col violino... lei invece suona il pianoforte. Qualche volta ho cercato di darle delle lezioni per aiutarla a migliorare, ma non lo desidera. Ecco: ti ho disegnato il quadro.»

«Tutto qui?» gli chiese Milena fissandolo negli occhi come per metterlo in imbarazzo.

«Non mi sembra così poco» rispose, ricambiando lo stesso sguardo. «Per lei non sono un padrone di casa qualunque, ha ammirazione...»

«Va bene, va bene» lo interruppe ancora Milena, «un po' di buon gusto: finiamola qui. D'altra parte nessuno ti può vietare di fare quello che ti pare.»

Valerio si augurò che, se non avesse replicato, quella conversazione sarebbe finita lì, perché in quel momento tutto avrebbe desiderato fuorché irritare Milena. Comunque, non era una novità che appena toccavano argomenti della loro vita privata, anche quelli più importanti che avrebbero richiesto la maggiore ragionevolezza, scattavano come una molla insinuazioni, rivalse: piccole e banali all'inizio, poi sempre più pesanti e cattive se non si metteva un termine alla discussione.

Davanti a loro passò un gruppo di militari, e fu per Milena l'occasione per chiedere al marito qualche spiegazione su quanto stava accadendo a Zara. Ebbe informazioni vaghe, niente di più di ciò che già conosceva, e non era davvero questo ciò che più le interessava. Nel pomeriggio avrebbe preso la motonave *Morosini* per tornare a Venezia, e ancora non aveva capito perché Valerio le avesse chiesto di venire da lui. Sapeva che prima o poi avrebbero dovuto definire il loro rapporto, non erano formalmente separati, era naturale che ci fossero degli accordi da prendere. Renata: soprattutto era la figlia ad angosciare Milena. Non poteva dare per scontato che dovesse essere lei ad averla ed era inevitabile trovare una soluzione, in cui avrebbe dovuto mettere da parte orgoglio e rivendicazioni. Di questo erano riusciti a parlare saltuariamente, senza serenità e chiarezza: appena si era toccato l'argomento, l'emotività aveva soffocato le necessarie riflessioni su un problema tanto delicato, consentendo ai rancori di dominare il loro dialogo.

Non avevano avuto molto tempo, ma neppure poco per trovare una via d'uscita, in quel loro vagabondare per Zara. Milena avrebbe voluto eliminare ogni equivoco, pensando che quella era la strada giusta per ritrovare anche un buon rapporto con Valerio. Era il padre di sua figlia, era assurdo che si spezzasse quel legame, e confidava che il tempo avrebbe posto un rimedio alle loro incomprensioni. E tuttavia la sua volontà si scontrava con una realtà contraddittoria, difficile da comprendere. Non capiva: le sembrava che Valerio le avesse chiesto di lasciare Venezia per venire ad abitare a Zara; sua sorella era stata molto lucida nel prospettarle le difficoltà a cui lui sarebbe andato incontro nell'ipotesi di tenere, da solo, con sé Renata: quindi, desiderare Renata significava desiderare che anche lei rimanesse a Zara. Ma tra loro, proprio adesso che dovevano cercare una soluzione di vita accettabile, non c'era stato un momento di tregua: sì, qualche istante di tenerezza strappato alla fragilità delle loro emozioni e subito accantonato. Era convinta che Valerio fosse perfino infastidito dalla sua presenza con quel continuo rinfacciarle il passato e criticare le scelte del suo presente. Milena si sentiva impotente, senza risorse per difendere la volontà che l'aveva portata da lui, senza energie per affrontare con risolutezza l'indecifrabile comportamento di Valerio.

Lo guardava giocherellare con la tazzina del caffè, quelle sue belle mani che aveva sentito tante volte accarezzare la sua pelle con la stessa finezza con cui tante volte lo aveva visto toccare i tasti del pianoforte. Non poteva dimenticare la bellezza e la crudeltà della loro storia d'amore. Perché era corsa da lui appena l'aveva chiamata? Solo per cercare una soluzione al loro matrimonio? Un compromesso per la separazione, un accordo per Renata? Era questo, ma non soltanto questo. Potevano riscrivere il passato, cancellando il tempo sbagliato della loro vita?

Milena appoggiò la sua mano su quella di Valerio, fermando quel nervoso tormentare la tazzina del caffè: «Cosa devo fare?» gli chiese con una voce appena percepibile.

Valerio continuava a guardare il mare, calmo, senza vento, come se Milena non fosse lì vicino a lui, come se niente potesse distoglierlo da quella contemplazione. Poi, quasi fosse infastidito da quella quiete, si rivolse verso di lei, guardandola con tenerezza: «Un giorno sarai sola, seduta a un tavolo come questo, in un posto qualunque pieno di gente, guarderai la tua tazza di caffè, alzerai lo sguardo verso una luce lontana che solo tu sai vedere e ti scenderanno le lacrime, pensando a me. Un amore vero. Con la mano ti asciugherai gli occhi e sorriderai, pensando a me. Un amore vero della tua vita vissuta sempre come un istante per una decisione».

«Ti prego, Valerio, dimmi cosa devo fare. Quale decisione? Cosa devo decidere? Cosa vuoi da me? Abbiamo ancora un po' di tempo.»

«Invece io non ho più tempo. Non ho mai fatto una cosa giusta: questo ti dico. Ho sacrificato te, Renata, prima credendo di diventare un pianista venerato in tutto il mondo, poi per la mia terra, la mia città da difendere... la politica...»

«Cerchiamo di andare avanti» gli disse Milena con affetto. «Ho sbagliato anch'io. Ti ho amato troppo per non sbagliare. Più lucidità, più buon senso mi avrebbero aiutata a capirti. Ma adesso non perdiamoci, non manchiamo...»

«A me è sempre mancata la mossa giusta per riuscire nelle cose che ho fatto con te, con mia figlia, con la musica e adesso con la politica. Troppe false partenze, molto patetico: ti senti solo al comando con il traguardo lì davanti, poi ti volti e ti accorgi che sei davvero solo perché il giudice di gara ha fermato tutti, riallineandoli al nastro di partenza. Mi rimane poco tempo.»

«Ecco, ci mancava: è arrivato il momento in cui fai il martire. Prova a rispettarmi: sono venuta qui da te. Ragioniamo con calma, c'è ancora qualche ora prima della partenza della *Morosini*. Troviamo un accordo... soprattutto per Renata. Ti prego, Valerio.»

«Ti ho detto: non ho più tempo.»

«Finiscila con questo ritornello, sei noioso, me lo avrai ripetuto già dieci volte» gli rispose spazientita.

«Sarà tutto come vuoi tu.»

«Mi prendi in giro come hai sempre fatto. E vuoi continuare a farmi del male.» Milena era alterata, le tremava la voce. Si tratteneva dall'urlargli in faccia tutto il suo disprezzo, solo perché nel locale era entrata ormai molta gente.

«Sto per morire» le disse, guardandola negli occhi.

«Prosegui pure la tua commedia, cosa stai dicendo!»

«La verità.»

«Continui a prendermi in giro, a giocare con me senza un minimo di rispetto per i miei sentimenti.» Milena avrebbe voluto andarsene, sbattendogli in faccia la prima cosa che le capitava per le mani. Temeva per Renata: era adesso convinta che tutta quella commedia servisse a Valerio per portargli via la figlia. Poteva farlo, era lei in difficoltà con la legge; ma perché infierire su di lei in quel modo così crudele, cinico.

«Non credo di averti mai presa in giro. E questa volta proprio no.» Esitava, nel parlare aveva appena sfiorato la mano di Milena, aveva gli occhi lucidi.

Milena si spaventò, guardandolo, finalmente aveva capito, si sentì in colpa: «Scusami, Valerio» gli disse impaurita. «Scusami... non sapevo che fossi malato... come potevo saperlo... non mi avevi detto niente e anche Maria non mi ha detto niente.»

«Sto benissimo. Qualche giorno ancora e mi verranno a prendere per impiccarmi.»

«Un momento, un momento. Con calma, una cosa per volta» rispose Milena con la fermezza tipica di quando doveva assumersi delle responsabilità e decidere. Quell'atteggiamento, ben noto, tranquillizzò Valerio. Milena cercò di mettere da parte l'emozione per farsi spiegare con ordine quanto stava accadendo. «Cosa vuol dire "tra qualche giorno", "ti vengono a prendere", "ti impiccano"?»

Valerio era senza parole, assente, come se avesse parlato di un'altra persona.

«Capisco che ci siano fatti che non conosco» riprese Milena, sperando di convincere il marito a liberarsi da quell'apatia che l'aveva chiuso in se stesso e a informarla di ciò che stava accadendo. «Mi sembra che tu possa andare dove vuoi, sei un uomo libero. Ieri mi parlavi del tuo concerto, ci sono le locandine che lo annunciano attaccate dappertutto. Guarda lì, ce n'è una vicino alla cassa. Chi ti verrebbe a prendere? Quando?»

«Mi sono cacciato in una situazione più grande di me: uno dei miei tanti sbagli. E, in questo caso, un errore dopo l'altro. Pensavo che fosse giusto schierarmi da una parte, poi ho capito che dovevo cambiare rotta e sono andato a sbattere contro gli scogli. Sto colando a picco.»

«Lascia stare questi esempi, queste metafore. Sii concreto una volta tanto» gli disse Milena.

«Diciamo che mi sono infilato in un doppio gioco che è finito male. La realtà politica è confusa, lo sai bene, qui può succedere un finimondo da un momento all'altro. Sai anche che non mi sono mai tirato indietro per la mia città, per queste terre, facendo quel poco che riesco a combinare... chiaramente facendolo male. Mi sono fidato di persone sbagliate, mi hanno tradito... e io, anche, ho tradito. Un disastro... solo uno sprovveduto, imbecille come me poteva combinare questa baraonda di errori, di decisioni avventate. Davvero, non ho più tempo.» Con un sorriso pieno di malinconia le accarezzò il viso. «È una questione di giorni, una settimana, un mese... non lo so. Verranno a prendermi per ammazzarmi.»

«Perché resti qui, vieni via, partiamo insieme per Venezia» gli disse Milena con fermezza, facendo ricorso a tutta la sua energia per riuscire a convincerlo.

«Non potrei fare un passo fuori da Zara, mi controllano. Anche ieri, ti sei accorta, non c'era un momento che non venissi perso di vista.»

«Non puoi aspettare così, rassegnato. Cosa posso fare?» gli chiese Milena, sempre più ostinata nella convinzione di aiutarlo a trovare una via d'uscita.

«Non c'è niente da fare. Assolutamente niente. Adesso sai perché ti ho chiamata.»

«Lascia tutto, andiamocene via» lo implorò. «Hai il diritto di fuggire.»

«Non ho nessun diritto. Ci sono tanti giovani, donne, anziani... gente di Zara che non fa passi indietro, che non scappa. Non mi sento un eroe, credimi, ma non sono un vigliacco.»

«Ma che senso ha morire! Puoi continuare la tua battaglia altrove, vivo.»

«Il mio posto è qui... anche perché non ho scelta» le rispose con un sorriso.

«Allora anche il mio posto è qui. Mi hai chiamata e io resto qui con te.»

«Non fare pazzie, non farmi pentire di averti chiamata... È pericoloso, rischieresti la vita... C'è Renata... La motonave parte fra quattro ore.»

«Portami a casa tua» gli disse Milena con un tono di voce che non tradiva alcuna incertezza.

Valerio la guardò sorpreso, cercando di capire quello che gli stava sfuggendo: «Troppo chiasso, troppa gente qui, vero? E poi si sta riempiendo di fumo. T'infastidisce, lo so».

«Sì, è così, andiamo a casa tua» ripeté Milena, alzandosi dalla sedia mentre ancora stava parlando.

34

S'incamminarono verso Riva Nuova, senza attraversare il centro della città. Milena si accorse che stavano facendo un giro molto più lungo per raggiungere l'abitazione. «È rischioso, vero, andare diritti per Calle Larga?» gli chiese.

«Ormai è pericoloso tutto, ma non passiamo per di là perché non abito più in Calle Larga. Troppa confusione. Ho cercato un posto tranquillo: ho cambiato da qualche mese. Vedrai, è bella la casa, però è dall'altra parte della città, su Riva Derna. Ho di fronte il mare.»

Tre piani di scale, i gradini molto alti. Appena entrati Valerio portò Milena sulla terrazza e, orgoglioso, come se fosse una sua conquista, con un breve gesto della mano le mostrò l'orizzonte che si perdeva a vista d'occhio. Ma non era il mare: Milena rimase sorpresa dall'ordine dell'appartamento. Altri e molto diversi erano i suoi ricordi di come teneva la casa.

«Si vede la presenza di una donna: è molto brava Sylva» gli disse.

«Anche la zia Raissa.»

Curiosa, come se fosse alla ricerca di un indizio per cominciare a capire, Milena con discrezione s'aggirava per le stanze. Su un mobiletto vide la sua fotografia incorniciata.

«Cosa dicono le donne che porti qui quando la vedono?» gli chiese, fermandosi a osservarla.
«Domandano chi è.»
«E tu?»
«Dico la verità: è mia moglie. Ma non ci credono.»
Milena continuò a guardare la foto, quasi non si riconoscesse: «Anche tu hai continuato ad amarmi».
«Ho continuato a fare uno sbaglio dietro l'altro.»
«Hai fatto la cosa giusta a chiamarmi.»
Prese per mano Valerio, si appoggiò a lui posandogli la testa sulla spalla, e in quell'istante si odiò per le continue liti, le incomprensioni che avevano segnato i loro ultimi anni. Doveva salvarlo, sapeva di poterlo salvare, ma adesso, soli, in quel poco tempo per loro, tutto ciò che le importava era il calore del suo corpo, la tenerezza del suo abbraccio, come se volesse tenerlo stretto così per sempre, ascoltando soltanto il battito del suo cuore. Questa volta avrebbe fatto la cosa giusta, sarebbe rimasta con lui. Si baciarono esitanti, come se si fossero appena conosciuti o come se si fossero ritrovati dopo secoli di lontananza, mentre la sorpresa lentamente svaniva.
Milena si sedette sul bordo del letto e incominciò a slacciarsi la camicetta. Valerio la osservava, ricordando gli stessi gesti di quando si era spogliata di fronte a lui tanti anni prima e avevano fatto l'amore nella sua piccola casa di Venezia. Ora non era più soltanto un ricordo, Milena era un corpo che stringeva, che amava, abbandonato tra le sue braccia. Quando alla fine si separarono, si accorsero del tempo perduto, di tutto quel lungo tempo in cui avevano desiderato quell'amore.
Milena si alzò dal letto e indossò la camicia di Valerio, andando verso la finestra aperta sul mare. Su un tavolo, un po' nascosta da una pila di spartiti, vide una busta con sopra il suo nome.

«Questa cos'è?» chiese a Valerio.

«Sembri un clown triste con la camicia che ti arriva alle ginocchia... quella era per te, volevo spiegarti come stanno le cose e spedirtela. Non ci sono riuscito e ti ho chiesto di venire. Ti volevo con me, ho paura, avevo bisogno di chi mi ha davvero amato. Ti ho usata, ancora una volta ti ho fatto del male.»

«Non pensarlo mai.»

«Perché sono tuo marito o perché sto per morire?»

«Perché ti amo.»

Milena tornò a sdraiarsi accanto a Valerio, cercando ancora il suo abbraccio, poi, come se il suo corpo fosse attraversato da una scossa elettrica, ritrovò lucidità e molta determinazione. «Non è possibile che non ci sia niente da fare» gli disse alzando la voce per rimproverare il suo fatalismo. «Ti nascondo, se non puoi lasciare Zara, ci facciamo aiutare da Maria, tua sorella ha molti amici, non è impossibile.»

Valerio le sorrise scuotendo la testa: «Sembri un clown triste» le ripeté, stringendola a sé. «Mi vergogno della mia paura, vorrei averti vicino fino alla fine.»

«Rimarrò qui o da Maria, non me ne vado.»

«Non sai cosa rischi, sei matta. Ci hanno visti insieme, penseranno che tu sia una mia confidente, una complice.»

Valerio lasciò l'abbraccio di Milena, andò nella stanza del pianoforte e ritornò con un disco: «Ti ricordi il concerto che avevo dato alla Fenice di Venezia? Era appena nata nostra figlia e tu non eri riuscita a venire. Abbiamo fatto questa registrazione, porta il disco a Renata: glielo farai ascoltare quando sarà più grande».

«Non ce n'è bisogno: lo ascolterete insieme. Le vuoi insegnare a suonare il piano, lo hai detto tu, vuoi darle lezioni.»

«Non accadrà.»

«Posso restare. Vedrai che troviamo un modo...» gli disse ancora Milena supplicandolo.

«Un modo per non farmi ammazzare?»

«Per vivere, per continuare a vivere insieme. Ce la faremo, vedrai.»

«È tardi, perdi la motonave. È meglio che tu vada ora, amore mio. A casa ti aspettano.»

Valerio trascorse, solo, le ultime ore del pomeriggio e tutta la notte al pianoforte per provare il suo concerto. Continuò a esercitarsi nell'ultimo brano che avrebbe suonato, lo studio opera 10, numero 12, *La caduta di Varsavia* di Friedrich Chopin. Per capire come suonarlo alla perfezione ascoltava le esecuzioni che riteneva magistrali: prima quella di Vladimir Horovitz, poi quella di Arthur Rubinstein. Prima l'una poi l'altra, sentendole sempre di nuovo. Di Horovitz non lo convincevano alcune raffinatezze tecniche; gli piaceva l'interpretazione di Rubinstein, che però, talvolta, eccedeva in romanticismi. Valerio provava con ottave ripetute che gli pareva sottolineassero la drammaticità del testo di Chopin. Voleva rendere quella musica vibrante, appassionata e colma di vera disperazione. Sentiva in quell'opera l'essenza musicale della disfatta dell'uomo, della morte.

Morire è facile, quando si pensa alla morte in modo astratto. Ognuno di noi è il mondo che ha creato, e quando si cessa di esistere, anche quel mondo sparisce. Ma per coloro che sanno di vivere gli ultimi giorni del loro mondo, la morte non è più un'idea astratta, ha un altro significato, è la distruzione di ogni realtà: un sentimento della fine che nessuna rassegnazione sa accettare.

Quella notte, Valerio fu arrestato dai partigiani di Tito per ordine di Anton Ranković, e poco dopo impiccato.

Molti anni dopo, la storia incominciata il 9 ottobre 1943, di sabato, è giunta fino a noi, intatta. L'ho solo liberata dalla sua lontananza e dalla possibilità che la polvere del tempo potesse oscurare passioni e congiure di quegli anni drammatici, voluttà e dolori di un grande amore nel fuoco della guerra. E tuttavia, ancora, le coincidenze non avevano finito di sorprendere.

35

Nella cartellina azzurra che conteneva il diario di Valerio, c'erano molti altri documenti. Ripresi a esaminarli per capire cosa mi fosse sfuggito, cosa avessi sottovalutato dopo essere venuto a conoscenza dei fatti che ho raccontato. Non rinunciai a qualche ricerca di archivio e alla lettura dei giornali dell'epoca, sperando di farmi un quadro più preciso di quel tempo e dei protagonisti di quella storia, nominati da Valerio con molta precisione.

Chi desideravo innanzitutto rintracciare era Milena.

La persona che mi aveva consegnato la cartellina azzurra, durante la mia conferenza, non ne sapeva niente. Dai miei riscontri doveva essere una signora anziana che viveva ancora a Venezia. Non mi sbagliavo e non mi fu difficile avere un appuntamento.

Abita tuttora in una villetta liberty al Lido di Venezia. Il profumo delle rose che si arrampicano sopra il cancello accoglie le persone che nel mese di maggio entrano nella sua casa. La governante mi viene incontro facendomi strada verso il giardino dal lato opposto dell'ingresso: la vista è meravigliosa, aperta sulla laguna di fronte a Venezia.

Tra due aiuole fiorite, seduta su una poltrona di vimini, mi attende Milena: senza alzarsi mi porge la mano e con un cenno m'invita a sedermi accanto a lei. Mi saluta con voce ferma, senza tanti convenevoli, mi sembra diffidente. Cerco di capire se la persona che ho vicino rispecchi l'immagine che mi ero fatto di lei, leggendo il diario di Valerio. Lo sguardo ancora intenso con cui mi osserva mette un po' di soggezione; i capelli, raccolti in uno chignon, non mostrano neppure una lieve traccia scura; non porta anelli, solo una collana di perle intorno al collo magro, elegante. Il vestito è azzurro, sopra una lunga blusa di seta bianca; trovo curioso il tacco alto delle scarpe di raso dello stesso colore dell'abito.

La Milena che avevo conosciuto attraverso le parole di Valerio è lontana, quella che ora mi trovo accanto ricorda, piuttosto, mia madre o, meglio, ricorda un grande stile femminile perso nel tempo, che anche una signora anziana si sentiva in dovere di continuare a testimoniare. Comunque, invecchiare significa poco se la propria giovinezza è conservata altrove: quella di Milena era custodita, come fosse cristallizzata, nella drammaticità della sua storia.

«Bene, allora?» interruppe così il mio silenzio. «Al telefono mi ha detto che vorrebbe sapere di Valerio. Ha fatto un viaggio inutile: non ne so niente, forse ne sa più lei di me.»

Compresi di essere stato ospitato solo per cortesia e che sarebbe stato meglio terminare al più presto la visita. «Se fosse possibile vorrei conoscere in che modo...»

«Sì, sì: me l'ha già detto per telefono. Chi mi ha dato il diario di Valerio? Il colonnello Antonio Varisco. Sa chi è, spero. Ammazzato anche lui. Era un ragazzo quando aveva conosciuto Valerio; stava con lui... lei saprà... Zara, l'Italia, la guerra... Tito... quella vicenda lì. Varisco è stato con lui, si frequentavano, erano insieme in una qualche organizzazione politica: avrà ricevuto da

Valerio... o non so da chi il suo diario... in ogni caso, io l'ho avuto da lui insieme a molti altri documenti. Antonio era una gran brava persona, tutte le volte che si trovava a Venezia veniva a salutarmi. Mi parlava di Valerio, della loro amicizia, di quei tempi terribili, e c'era sempre Renata ad ascoltare, a fare domande, sempre curiosa di sapere di suo padre. Antonio mi aveva chiesto se poteva fare delle fotocopie del diario e degli altri documenti, così da poterseli studiare e far conoscere una storia che si voleva nascondere.»

Le domandai se mi avrebbe permesso di guardare gli originali, di scorrerli anche velocemente e controllare, se per caso, ci fosse dell'altro di significativo che non era stato fotocopiato.

«Ho buttato via tutto» mi rispose, guardandomi severa, come se fossi là a disturbare la sua quiete. «Strappato foglio per foglio e gettati via dopo la morte di Renata. E se me ne fossi liberata prima, o avessi letto soltanto io quel diario, avrei fatto la cosa più giusta: Renata sarebbe ancora viva.»

Della sua morte non ero a conoscenza. Trovai strano, incomprensibile quel sentimento di amarezza e di rancore con cui ricordava le pagine del diario. Non capivo. A costo di sembrare inopportuno, cercai di sapere cosa fosse successo, rivolgendo a Milena qualche domanda con molta prudenza. Non le dispiaceva parlare della figlia, ma mi sorprese come, raccontandomi di lei in modo sempre frammentato, senza una continuità temporale, ripetesse, quasi fosse un incontenibile bisogno di ammissione di colpa, la frase: «Avevo creato il mito di suo padre».

In breve, mi spiegò che Renata, leggendo il diario («lo impara praticamente a memoria» diceva la madre), studiando con pignoleria tutte le carte ricevute dal colonnello Varisco e ascoltando i suoi racconti, decise – siamo alla metà degli anni Settanta – di andare a Zagabria, perché era sicura che là avrebbe trovato le risposte che cercava, e soprattutto avrebbe potuto anche incontrare e guardare negli occhi l'assassino di suo padre.

«Avevo cercato in tutti i modi di dissuaderla dall'andare a Zagabria» mi disse Milena, «ma era inutile, era ossessionata dal ricordo del padre, non riusciva ad accettare l'assurdità della sua morte. "Voglio sapere" insisteva, quando mi arrabbiavo per la sua cocciutaggine o le spiegavo che bastava un po' di buon senso per rendersi conto che non c'era niente da sapere.»

Chiesi a Milena come fosse morta. «A Zagabria!» mi rispose seccata, come se non avessi capito nulla di quello che mi aveva appena detto. «Un incidente stradale, un incomprensibile incidente stradale. L'impietosa burocrazia jugoslava mi aveva creato mille difficoltà per lasciarmi portare il suo corpo in Italia, e dopo un po' ho dovuto rinunciarvi. È sepolta a Zagabria. Sono tanti e tanti anni che non vado più a trovarla al cimitero... chissà come è ridotta la sua tomba... sono vecchia, mi muovo male, almeno so che riposa là, mentre di Valerio non abbiamo mai saputo dove piangere il suo corpo.»

Cercai di capire perché, a suo parere, l'incidente stradale era "incomprensibile". Milena scosse ripetutamente la testa, lo sguardo rivolto alla laguna che si distende verso Venezia. «Non ho mai ricevuto dalla polizia un rapporto sulle dinamiche dell'incidente che ha ammazzato mia figlia mentre camminava per strada» mi disse.

Si era rivolta anche a un avvocato per denunciare l'accaduto, avere spiegazioni, intentare una causa e risalire ai responsabili. «Era come camminare nella nebbia più fitta, impossibile orientarsi, si tornava sempre al punto di partenza, cioè nessuna informazione. Anche l'avvocato si sentiva preso in giro: nonostante le sue conoscenze non riusciva a cavare un ragno dal buco» mi disse con molta freddezza.

Con un po' di apprensione, sperando di non fare la figura del maleducato, cercai di sapere se da Zagabria avesse ricevuto da Renata, mentre era là, qualche sua notizia. Con un campanellino, appoggiato sul tavolo di ferro battuto, laccato di bianco, chiamò la governante e le sussurrò qualcosa. Dopo poco, la donna tornò con una cartolina che consegnò a Milena. «Questa me l'ha spedita Renata da Zagabria. È l'ultima testimonianza di mia figlia ancora in vita. Se guarda bene c'è una freccia su questo palazzo» mi disse, avvicinandosi a me e indicandomi quel segno.

Le chiesi di lasciarmi la cartolina. «Meno ho tra le mani le cose che mi ricordano quella tragedia e quella gente, meglio sopravvivo agli ultimi anni che mi restano» mi rispose, consegnandomela.

La sua disponibilità m'incoraggiò a domandarle se avesse una fotografia di Renata da potermi dare. A questa richiesta, l'atteggiamento di Milena cambiò dal giorno alla notte, improvvisamente. Mi sorrise, appoggiò la sua mano sulla mia. Si alzò un po' a fatica dalla sedia, ma rifiutò il mio aiuto, entrò in casa e ritornò con una bella scatola foderata da una telina rosa, che si appoggiò sulle ginocchia non appena tornò a sedersi, aprendola come se fosse un preziosissimo scrigno. Era stracolma di fotografie: mi fece vedere, una alla volta, tutte quelle in cui era ritratta Renata, descrivendomi con minuziosi dettagli il giorno in cui erano state scattate, il luogo in cui si trovava sua figlia, le persone accanto a lei.

Tanta venerazione per quelle immagini mi creò non poco imbarazzo al punto che stavo per recedere dall'idea di averne una: «Prenda pure quella che vuole, anche più di una» mi disse con molta cordialità.

Ne scelsi tre, poi, di fronte al suo sorriso, una quarta.
«Ma in quella non c'è mia figlia» osservò. C'era, infatti, Milena accanto a Valerio, sullo sfondo il Duomo di Zara. «Gliela lascio per ricordo» mi disse, «pensi che è l'unica che ho con lui. Io non ne ho bisogno per ricordare.»

«Lo so.»

«Cosa sa?»

«Che quella non può che essere l'unica foto che ha insieme a Valerio. Quando andò a trovarlo a Zara, l'ultima volta che vi vedeste, proprio Valerio le disse, al circolo Diadora, che non avevate fotografie di voi due insieme. Ma non sapevo che poi aveste scattato questa.»

«Non credevo che fosse così preparato, si vede che fa il professore: è giusto che la conservi lei.»

Le altre fotografie ritraevano Renata: una da bambina, per mano di Valerio in Riva Nuova; un'altra con i libri sottobraccio, chiaramente degli spartiti musicali; e l'ultima, ormai grande, tutta concentrata mentre suona il pianoforte.

«Non si è mai sposata» mi disse Milena, mostrando di apprezzare l'attenzione con cui guardavo quelle fotografie. «Renata ha sempre portato con sé suo padre per tutta la vita. Purtroppo, non l'ha mai dimenticato da nessuna parte.»

36

Dopo alcuni mesi dalla visita veneziana a Milena, il caso volle che venissi invitato dall'Istituto di arte contemporanea dell'università di Zagabria a tenere una conferenza su un argomento che studio da anni: "Il significato della bellezza moderna".

Certo, un caso: ma questa casualità come potrebbe essere considerata se non una sfida alla razionalità della storia e un affronto al rispetto delle emozioni?

Riordinavo i miei pensieri: avevo terminato di lavorare al diario di Valerio, che mi aveva coinvolto in un *tourbillon* di considerazioni politiche, di sentimenti, di riflessioni personali; la mia curiosità sull'origine di quelle pagine, sul colonnello Antonio Varisco, sulla sua amicizia con Valerio era stata parzialmente soddisfatta e, comunque, di più non potevo pretendere. Ero riuscito perfino a incontrare Milena e a conoscere la sorte di Renata... Insomma, volevo chiudere con quella storia e avevo tanti buoni motivi perché non mi piacesse l'idea di ripensare a quel passato doloroso, che avevo da poco archiviato, andando in una città, la capitale della Croazia che, per forza di cose, mi avrebbe rievocato la tragedia di quei tempi. Ma la vanità di parlare in una sede culturale importante su un problema di cui, un po' ovunque, si riconosce la mia competenza, era stata più forte della convinzione di trovarmi a disagio a Zagabria.

Nel preparare la borsa per il viaggio, quasi fosse la cosa più naturale, non dimenticai di metterci la busta con le foto e la cartolina che mi aveva dato Milena, ormai del tutto convinto che le uniche certezze di questo mondo sono le coincidenze e che la curiosità per una coincidenza può trasformare un fatto casuale in un'occasione decisiva della vita.

L'Istituto d'arte contemporanea si trova sulla via Kralja Tomislava, che da un lato fiancheggia un parco dove campeggia imponente l'Art Pavillion (Umjetnićki Paviljon Zagreb), una costruzione in stile Art Nouveau, dall'altro lato della via si susseguono disordinati – nelle altezze e nelle architetture – caseggiati anonimi, prevalentemente destinati a ospitare uffici e sedi di aziende, come si poteva comprendere dalle insegne delle facciate.

Sulla cartolina, inviata da Renata alla madre, ultima traccia a Zagabria prima dell'incidente che l'aveva uccisa, si vede in primo piano l'Art Pavillion e sullo sfondo la strada Tomislava, con i suoi edifici: uno, chiaramente indicato con la freccia che mi aveva fatto notare Milena, è una costruzione grigia, bassa, di soli due piani.

Ci passo davanti, perché è proprio sulla strada dell'Istituto universitario, ma non mi avvicino: rimango sull'altro lato della via. Era di mattina. Nel pomeriggio, stesso percorso per recarmi all'università, però questa volta non riesco a trattenermi. Attraverso la strada e mi fermo di fronte all'ampio portone ad arco dell'edificio che immette in un atrio interno: entro e mi trovo in un cortile. Disorientato, mi guardo intorno per cercare qualcuno che mi dia informazioni su quel caseggiato. Disorientato ma anche curioso: dal mezzanino arriva il suono di una musica confuso dal chiasso di numerose persone. Sembrava che si facesse festa. Strano per quell'ora – sono le quattro del pomeriggio – in cui di solito si lavora. Salgo una breve rampa di scale, e dalla porta socchiusa vedo in uno stanzone, appesi alle pareti, grandi festoni colorati come quelli che talvolta si mettono negli alberghi per celebrare l'anno nuovo. C'è gente che brinda, un lungo tavolo per il buffet molto affollato, camerieri che vanno e vengono. Ma ad attirare la mia attenzione è soprattutto una grande scritta luminosa in fondo alla sala che si accende e si spegne cambiando colore, in cui è scritto a caratteri cubitali il nome dell'azienda: "Ranković".

Una disordinata processione di persone, alcune vestite in modo elegante, altre con un camice bianco o in tuta da lavoro, si dirigeva verso quel lato lampeggiante della sala, per salutare con deferenza una signora. Entro senza essere notato, mettendomi in disparte, e approfitto della momentanea presenza di un cameriere che riprende fiato in un angolo vicino a me, per chiedere qualche informazione. Da quanto mi dice, parlando uno stentato inglese, capisco che la ditta di elettrodomestici Ranković festeggia mezzo secolo di attività, onorando la direzione della proprietaria, che immagino sia la signora che tutti stanno omaggiando.

In quella confusione, la mia presenza non desta curiosità né, tantomeno, sospetti; tuttavia, cercando di esibire la più naturale disinvoltura, afferro al volo un bicchiere di spumante che transita sotto il mio naso e mi avvicino alla festeggiata.

Anche se avanti negli anni, possiede ancora una figura slanciata; il suo volto, che incornicia due occhi scuri molto espressivi, esprime grande dolcezza, e il sorriso sembra dispensare felicità a tutti coloro che le si avvicinano. Mi stupisce che, pur presentandosi sotto lo sguardo di tutti, sia vestita senza nessuna eleganza, anzi, quasi con sciatteria, pettinata male con una grossa treccia che raccoglie alla meglio i capelli.

Appena la vedo in un momento di pausa, non più impegnata a sorridere ai suoi estimatori, la saluto in italiano, porgendole i soliti, scontati complimenti. È sorpresa nel non sentirsi rivolgere la parola in croato, e non meno stupita è dal fatto che io sia entrato in quella sala privata che appartiene ai loro uffici. Me la cavo con qualche giustificazione, dicendole chi sono e cosa sono venuto a fare a Zagabria: passando di là, sentendo la musica, le voci di una festa, ero entrato per curiosità. Una spiegazione ridicola, ma non ne avevo trovate di migliori, anche perché la signora, dopo le prime perplessità, non era sembrata affatto preoccupata della mia intrusione, mostrandosi subito molto cortese.

Mi conferma il motivo di quella riunione, mi descrive l'attività dell'azienda e la sua origine: mi si presenta, ma prima ancora che mi dica il suo nome, intuisco che è Sylva Ranković.

Provai un senso di attrazione e repulsione ad ascoltare quel nome. Mentre l'incontro con Milena era stato l'occasione per riannodare i fili di una storia, Sylva rappresentava la testimonianza vivente non solo del terrore che aveva devastato le terre italiane dell'Adriatico Orientale, ma anche la persistenza di una questione politica e sociale che fatica tuttora a trovare la sua verità e la sua pace. Mi sentivo preso alla sprovvista: certo, ero entrato in quell'ufficio di proposito, volevo capire "l'incomprensibile" incidente mortale accaduto a Renata, ma, sicuramente, non avrei mai immaginato di trovarmi di fronte a Sylva.

Sarà perché mi ero rivolto a lei in italiano e avevo continuato a parlarle in questa lingua, sarà stato per il rispetto verso la mia professione e per il fatto che mi trovassi a Zagabria invitato dall'università, o forse per la semplice curiosità di sapere perché fossi capitato là, quando chiesi a Sylva se potevo continuare a intrattenermi con lei qualche minuto in un posto un po' più silenzioso di quello in cui ci si trovava, fu subito d'accordo e mi chiese di seguirla nel suo ufficio.

37

Le pareti della stanza erano tappezzate di fotografie e, appesi, alcuni cimeli di guerra: una sciabola, un berretto militare, c'era anche una vetrinetta con delle medaglie. Sylva, con malcelato orgoglio, mi spiegava il significato di tutto ciò che ci circondava, descrivendomi i personaggi ritratti, tra i quali era quasi sempre presente il fondatore dell'azienda: Anton Ranković. In una foto, la più grande, dietro la scrivania, incorniciata con un pesante legno dorato, lo si vedeva stringere la mano a un sorridente maresciallo Tito.

«Questo è il suo patrigno» dissi a Sylva, mentre indicavo Ranković, toccando per qualche istante la sua immagine con il dito.

Rimase sorpresa. Mi aveva finora parlato di Anton Ranković come fondatore dell'azienda che lei, dopo la sua morte, aveva continuato ad amministrare. Non mi aveva detto che fosse suo padre, tantomeno il patrigno.

Il sorriso che l'aveva accompagnata dalla sala della festa al suo ufficio scomparve. Una ruga profonda, che sottolineava una smorfia del viso, la rese improvvisamente vecchia e sospettosa. Mi chiese come facessi a conoscere la verità e comprese che, se ero capitato là per caso, non per caso le volevo parlare.

Le raccontai del diario di Valerio e di come, attraverso quelle pagine, avevo imparato a conoscerla. Mi ascoltava attonita, lo sguardo perso nel vuoto, quasi cercasse di ritrovare le immagini di un passato ormai molto lontano. Prima il sorriso e poi anche la smorfia che le aveva solcato il viso, scomparvero. Con un fazzoletto asciugava le lacrime, rimanendo in silenzio, incapace di parlare quasi le si fossero gelate le parole nel petto.

«L'ho amato. Dio solo sa quanto l'ho amato» mi disse sussurrando, dopo essersi ripresa dallo sgomento. «Quando lasciai la sua casa non lo rividi mai più, e trascorse tanto tempo prima di sapere che era morto. Non ho mai saputo come. Pensai che si fosse cacciato in qualche suo pasticcio... era un confusionario, distratto, era facile ingannarlo.» Mi disse queste ultime parole sorridendo un poco. «In un primo tempo pensai che se ne fosse andato via da Zara, a Venezia. Ricordo che proprio nei giorni in cui non tornai più da lui a lavorare, sarebbe venuta sua moglie... Milena: non ho dimenticato il suo nome. Con quanto desiderio attendeva il suo arrivo. Credevo che se ne fosse partito via con lei... Perché avrebbe dovuto avvisarmi... salutarmi?»

«È stato ammazzato: impiccato, per la precisione.»

«Ammazzato? No, non è possibile! Perché l'avrebbero dovuto ammazzare?» mi rispose atterrita.

«Spionaggio.»

«Ma no!» Sylva tacque, in apparenza davvero incredula. I suoi occhi sgranati mi fissavano, poi vagavano tra le foto e i cimeli della stanza; tornava a concentrarsi in se stessa come per cercare nei suoi ricordi qualche spiegazione che potesse smentire quanto le avevo appena detto. «Si limitava a dare qualche informazione... anche poco importante» disse come se stesse parlando tra sé, forse per ritrovare il filo di una storia di cui lei era stata protagonista. «Non era così rischioso quello che faceva: questo lo sapevo bene... sono stata io a mandarlo da mio padre, ero a conoscenza di quello che si voleva da lui» aggiunse, «è vero, era disarmato di fronte ai pericoli, alle crudeltà di quei tempi. Aveva la sua intelligenza, la sua passione... forse troppo poco per difendersi. No... non era un avventuriero, non gli piaceva esporsi, non era nel suo carattere. Mai avrei immaginato, nessuno avrebbe pensato che potesse mettere in gioco la propria vita. Quando ho saputo della sua morte, ho anche creduto che se lo fosse portato via una grave malattia di cui aveva mantenuto il segreto...» continuò a dirmi molto velocemente, come se la rapidità delle parole riuscisse ad allontanare l'ansia.

«Impiccato per ordine del suo patrigno Anton Ranković» le dissi con freddezza, senza esitare.

Sylva mi guardò spaventata, terrea. Appena si riprese, mi urlò di uscire immediatamente dalla stanza. Non avrebbe più ascoltato neppure per un istante quelle falsità, e se fossi rimasto lì avrebbe chiamato la polizia. Si calmò, tuttavia, quasi subito, e dalle confuse domande che cominciò a rivolgermi e dalle sue sconnesse, insensate osservazioni compresi che c'era qualcosa tra i suoi ricordi che non le tornava.

«Non può essere stato Anton: mi creda, non può essere stato lui il responsabile della sua morte» mi disse, mettendo da parte l'aggressività che prima mi aveva scaraventato addosso, quasi supplicandomi perché le credessi.

Era assolutamente convinta che mi stessi sbagliando in buona fede, altrettanto sicura di non essere lei a sbagliarsi. «Da chi ha avuto queste informazioni così assurde?» proseguì. «Mi ha appena detto che lei è uno studioso, e non avrà paura di ammettere un errore, saprà correggerlo, lei sa distinguere le notizie giuste da quelle sbagliate.»

«Le ho verificate, non mi sbaglio» risposi, senza darle la sensazione di avere dubbi o incertezze, disposto a essere di nuovo investito dalla sua irritazione e dalle sue minacce.

«Sarà stato qualcuno intorno ad Anton a dare l'ordine, anche se mi sembra impossibile» mi disse, sempre più avvilita. «Se lei è davvero così ben informato, saprà che Anton faceva parte di un reparto militare in cui c'erano tanta gente e politici più importanti di lui. Se era stato dato l'ordine di ucciderlo, Anton non era a conoscenza di niente, ne sono sicura. Stimava Valerio, era stato lui a volere la sua collaborazione: se lei, professore, ha studiato, come sostiene, i documenti che riguardano Valerio, non mi può dire che mi sto inventando tutto. E poi, le confesso, Anton aveva capito quanto amassi Valerio, mi vedeva piangere perché non potevo più andare da lui; Anton mi rispettava, mi voleva bene, non avrebbe mai dato l'ordine di ucciderlo, e se anche avesse saputo che si stava prendendo quella decisione, l'avrebbe impedita.»

Sylva mi invitò a sedere sul divano accanto a lei, continuando a ripetermi che Ranković non poteva essere il carnefice di Valerio, raccontandomi episodi, particolari di quel tempo che mi avrebbero dovuto convincere che le informazioni che avevo erano sbagliate. Non sapeva che tenesse un diario e volle conoscere cosa dicesse di lei, cosa sapessi delle sue ultime ore di vita: pensava che dalle mie stesse parole, da qualche dettaglio che non ritenevo importante, si potesse confermare la sua verità. Cercai di essere molto meticoloso, riferendole anche le sfumature del diario che mi venivano in mente; le dissi che non mi aspettavo di trovarla a capo di un'azienda, semmai come infermiera... chissà dove;

le ricordai l'ultima pagina del diario, quella in cui erano annotati i brani musicali che studiava per preparare il concerto, la notte in cui venne arrestato.

«Il suo concerto.» Sylva pronunciò quella parola con le lacrime che tornarono a bagnarle il viso. «È stato il suo ultimo sogno. La musica era il suo grande amore... la musica lo rendeva fragile di fronte alla violenza di quei tempi... la sua passione per la musica gli toglieva le armi necessarie per non farsi sottomettere.» Si avvicinò la borsa, posata un po' in disparte sul divano, e da una custodia in pelle prese una foto un po' sgualcita per mostrarmela. «Vede, questo è il suo primo pianoforte» mi disse.

«Lo so: la fotografia gliela diede l'ultimo giorno in cui lavorò in casa sua.»

Mi guardò con affetto, posò la sua mano sulla mia, sentendomi complice dei suoi ricordi: «Da questa foto non mi separo mai: non ne ho altre con l'immagine di Valerio... L'ho così amato che non ho mai trovato nella mia vita un altro uomo».

Anch'io avevo qualcosa da mostrare a Sylva. Dalla busta che tenevo in tasca presi le foto che mi aveva dato Milena: «Questo è lui con sua figlia» le dissi.

«La piccola Renata. Quanto me ne parlava, quanto le voleva bene...»

«Questa donna la riconosce?» chiesi a Sylva, facendole vedere un'altra fotografia.

Me la prese di mano per osservarla meglio e scosse ripetutamente la testa. «Non la conosce? Ne è sicura?»

Sylva fece un cenno di assenso restituendomi la fotografia. «Eppure quella donna è stata qui» le dissi.

«Qui? No, si sbaglia. Non l'ho mai vista, non so chi sia.»

«È stata proprio qui, un po' di anni fa. È Renata.»

«Renata? La figlia di Valerio?» Sylva non capiva.

Ancora una volta cambiò atteggiamento. Era turbata da quanto le avevo detto, ma adesso anche irritata dal modo in cui la stavo interrogando. Fece per alzarsi dal divano, mi avrebbe congedato, non voleva più restare ad ascoltarmi. Avrebbe accettato volentieri che continuassi a parlare all'infinito di Valerio, ma non della sua famiglia: Valerio le apparteneva, la sua famiglia lo allontanava da lei. La trattenni, pregandola di ascoltarmi ancora qualche minuto. Rapidamente le spiegai che Renata aveva studiato tutte le carte e i documenti lasciati dal padre, aveva approfondito episodi importanti accaduti in quel tempo, fatto chiarezza su questioni lasciate in ombra, in particolare su ciò che accadde dopo la sua morte. Era determinata a trovare e a guardare in faccia chi aveva ordinato l'assassinio di suo padre, voleva trascinarlo davanti a una corte di giustizia internazionale. Ne aveva fatto una missione.

A questo punto raccontai a Sylva le mie supposizioni sul modo in cui si erano svolti i fatti, riferendogliele però come verità da me assolutamente accertate, sapendo di non sbagliarmi. Renata aveva ricostruito tutti gli spostamenti di Ranković da Zara dopo la guerra, aveva scoperto che si era trasferito a Zagabria, aprendo una nuova attività con molti aiuti da parte dello Stato e qui, nella sua azienda, l'aveva rintracciato.

38

Sylva era rimasta seduta ad ascoltarmi. Non mi aveva mai interrotto per avere qualche spiegazione in più e non mostrava nessuna emozione. «Anton non può aver dato mai quell'ordine» tornò a ripetere. Si alzò, dirigendosi verso una vetrinetta vicino alla finestra. Prese una bottiglia e si versò da bere, senza chiedermi se volessi qualcosa anch'io. «Erano anni terribili, anche quelli dopo la guerra» incominciò a dirmi, camminando lentamente avanti e indietro per la stanza. «È stato così: tutta la nostra famiglia si trasferì a Zagabria, avevamo una casa di fortuna, in periferia, pochi metri quadrati per sette persone, sistemate una sull'altra. Mio padre era stato congedato dall'esercito, non c'erano soldi, nessuno aveva un lavoro. Qualche volta riuscivo a fare le pulizie in un negozio, in un bar, e piangevo ricordando la felicità che avevo trovato in casa di Valerio. A Zara saremmo morti di fame, ce ne andammo, presto dovetti dimenticare la libertà della nostra bella campagna, e, se le interessa, non ho mai avuto la possibilità di studiare da infermiera. Anton ci diceva che prima o poi il governo jugoslavo avrebbe dovuto riconoscergli i meriti che si era guadagnato in guerra. Arrivarono infatti gli aiuti dallo Stato, e lui è stato bravo a usare quei soldi per costruire piano piano quello che lei vede qui. Ha fatto tutto da solo, l'azienda è diventata grande. Ma gli inizi sono stati duri, c'era tanta miseria, non c'era ordine, non c'erano regole. Molta gente veniva qui a chiedere lavoro, a pretendere soldi. Discussioni, litigi erano all'ordine del giorno: quando non ci riusciva Anton, arrivava la polizia a mandare via le persone che ci minacciavano. Una donna italiana? Sì, sinceramente la ricordo: non ne capitavano qui, non se n'era mai vista una prima.

Ero seduta proprio là, dove adesso c'è lei; mio padre alla scrivania, parlavamo di lavoro, lo aiutavo, mi aveva affidato una parte importante nell'azienda. Entrò una donna sulla trentina, bella, vestita bene: prima ancora che parlasse intuii subito che non era jugoslava, perché da noi quegli abiti era impossibile trovarli. Incominciò a gridare come una forsennata, lanciando accuse contro Anton, sostenendo che lui era l'assassino di suo padre e che l'avrebbe vendicato. Come le ho detto, rimasi sorpresa non per quello che diceva, ma perché era vestita bene e parlava italiano. Anche se gli anni peggiori del dopoguerra ce li stavamo lasciando alle spalle, in quei primi anni Settanta c'era ancora povertà, e, le ripeto, molta, davvero molta gente continuava a venire qui per chiedere lavoro, aiuti, a minacciare se non aveva quello che pretendeva. Ne sentivo di tutti i colori e nessuno di noi, qui, in azienda, ci faceva caso. Però quella fu una circostanza diversa dal solito. La donna, così elegante e raffinata, non solo urlava come una pazza, ma a un certo punto – le confesso: ebbi paura – tirò fuori dalla tasca del cappotto una pistola, puntandola contro mio padre e continuando ad accusarlo. Pensai che stesse per ammazzarlo. Invece, all'improvviso, tacque, si mise a piangere, lasciò cadere la pistola per terra e se ne andò.

Anton aveva cercato di calmarla: le diceva di guardare avanti e lasciarsi alle spalle i fantasmi di un'altra epoca. I tempi che rievocava erano passati, i fatti di cui parlava erano lontani, sepolti, e sì, doveva guardare avanti, vedere la realtà con altri occhi. Lui aveva perfino dimenticato di essere stato un soldato, ormai il suo mondo era l'azienda, non gli anni della guerra. Era stato bravo, convincente, l'aveva presa sul serio, non per quello che sembrava: una pazza. L'aveva tranquillizzata, e lei non gli ha sparato. Si è salvato la vita. Appena quella donna fu uscita dall'ufficio, Anton telefonò alla polizia per riferire l'accaduto e, se non ricordo male, arrivò anche qui... sì, venne qui e accertò che la pistola era carica. Di quella vicenda non seppi più niente.»

Non avevo interrotto Sylva, ma avevo ascoltato abbastanza. Ero io, adesso, a essere infastidito da quel racconto e dalla freddezza con cui aveva ricostruito i fatti. Approfittai di un suo momento di pausa, mentre si versava un altro bicchierino con la chiara intenzione di voler continuare a parlarmi. «Anche lei, anche Renata, è stata ammazzata» le dissi.

«Non potevo saperlo, non sapevo neppure chi fosse quella donna che si era precipitata qui... Ammazzata?» mi rispose come se la cosa non la riguardasse.

«È stata investita da un'auto sulle strisce pedonali, poco lontano da qui. Sua madre è venuta a Zagabria, si è rivolta alla polizia per avere informazioni, ricevendo risposte vaghe, trattata come una scocciatrice. Allora ha cercato di fare per conto proprio delle ricerche per conoscere come erano andate le cose, per risalire al responsabile dell'incidente, ma senza venire a capo di niente. Neppure le hanno restituito il corpo della figlia, con i pretesti più insensati. Renata è sepolta qui, nel cimitero di Zagabria.» Le dissi tutto molto rapidamente. Non avevo più nessuna voglia d'intrattenermi.

Me ne andai, convinto che Sylva fosse stata sincera: perché avrebbe dovuto mentirmi su Ranković, Valerio, Renata? Una storia davvero lontana, che tuttavia il tempo non potrà seppellire e cancellare. Avevo conosciuto un'altra Sylva, una bella ragazza giovane che, forse, segretamente aveva fatto innamorare Valerio. Quella da cui mi ero congedato aveva i segni della durezza di un'epoca drammatica, troppo diversa dalla Sylva a cui mi ero affezionato attraverso le pagine del diario. La lasciai con lo stesso sentimento con cui, dopo aver letto un libro di scarso interesse e per giunta scritto male, lo ripongo nello scaffale, senza alcuna intenzione di riprenderlo in mano.

Prima di ritornare in Italia, pensai che Milena sarebbe stata contenta se avessi portato un fiore sulla tomba di sua figlia.

Il cimitero di Mirogoy è a nord di Zagabria, occupa uno spazio enorme, cintato da grosse mura. Si entra attraversando la porta di un alto edificio a cupola in stile neorinascimentale: il problema era come trovare il posto dove è sepolta Renata in quella sterminata distesa di lapidi e cappelle. I cimiteri sono labirinti che suggeriscono l'idea di quanto sia importante trovare la via giusta durante la vita, prima di raggiungere la tomba dove non c'è più vita.

Nella portineria, all'ingresso, un custode servizievole dà le necessarie informazioni, ma per prudenza, almeno per non destare curiosità, chiedo dove sia sepolto Anton Ranković e poi dove Renata. Ricevo indicazioni molto precise, mi consegna perfino una piccola mappa per entrare e uscire da quel labirinto senza il rischio di perdermi.

Il luogo di sepoltura di Renata è vicino a quello di Ranković, che si raggiunge per primo, percorrendo un viale fiancheggiato da cipressi. La tomba di Ranković era ordinata, pulita, nessuna erbaccia cresceva intorno alla lapide, un vaso di metallo conteneva un mazzo di garofani rossi ancora freschi. Quella di Renata sembrava abbandonata. La ripulii con le mani tutt'intorno; con la carta che avvolgeva i fiori comprati all'ingresso del cimitero, strofinai energicamente la lapide per liberarla dalle incrostazioni di terra e di muffa; la fotografia di Renata era invisibile: la spolverai per bene, mi commuoveva il suo volto dolce e sorridente che lentamente riappariva; non trovai di meglio che lasciare le rose ad appassire sul marmo.

La mia conferenza suscitò interesse, e accolsi l'invito a ritornare un paio di mesi dopo a Zagabria all'Istituto di arte contemporanea. Neppure l'ombra di un dubbio: mi guardai bene dall'entrare nell'azienda Ranković, anche se ci passavo davanti due volte al giorno, quando andavo e ritornavo dall'Istituto. Tornai, invece, al cimitero Mirogoy, portando, oltre ai fiori, un vaso per poterli sistemare. Questa volta il labirinto non aveva più segreti per me: subito raggiunsi la tomba di Ranković, poi quella di Renata. Accanto alla lapide di Ranković c'era un bel mazzo di gigli bianchi, su quella di Renata, vicino alla sua fotografia, ne era stata fissata con molta cura un'altra, un po' sgualcita, con l'immagine di un pianoforte. C'era anche un vaso con un bel mazzo di gigli bianchi.

Mondadori Libri S.p.A.

Questo volume è stato stampato
presso ELCOGRAF S.p.A.
Stabilimento - Cles (TN)

Stampato in Italia - Printed in Italy